（な……なんだこの赤子は⁉）
齢《よわい》一歳にも満たないであろうその赤子の魔力は、
既に古竜の総魔力量の半分にすら達している。
これは平均的な成竜の三十倍にもなる量だ。

マイナ
ジャスミン
ハダル

フランソワ
セシリア
イアン

速射竜閃光――!!!!!!!

山に捨てられた俺、
トカゲの養子になる
魔法を極めて
親を超えたけど、
親が伝説の古竜だった
なんて知らない
可換環
Illust. 蔓木鋼音

CONTENTS

Yama ni suterareta ore,
Tokage no
Yoshi ni naru

デザイン／AFTERGLOW

プロローグ　古竜、捨てられた赤子を拾う

あらゆるドラゴンの中でもずば抜けて高い魔力量を誇り、幾千年もの間、世界最強の称号をほしいままにしていた生物——「古竜」。

そんな古竜が、長い間忘れていた「恐怖」という感情を思い出したのは——たった一人の、山のふもとに捨てられた赤子を目にしたときだった。


（な……なんだこの赤子は⁉）


齢《よわい》一歳にも満たないであろうその赤子の魔力は、既に古竜の総魔力量の半分にすら達している。

これは平均的な成竜の三十倍にもなる量だ。

とはいえ、これだけならまだ、古竜とてそこまで大きな脅威とは感じなかったことであろう。

もっと大きな問題は……この赤子が竜ではなく、人間の赤子であるという点だった。

ドラゴンと人間は、魔法の扱いにおいて対極に位置するような存在だ。

ドラゴンが魔力の「量」で抜きん出た生き物なのに対し、人間は魔法の「質」でそれに対抗してきた存在。

魔力量は平均でドラゴンの千分の一くらいながらも、人間は魔法のテクニック面で抜きん出ることにより、時にはドラゴンの討伐すら成し遂げてきた。

大昔には、ドラゴンの得意技である「竜の息吹」の術式をジャックする魔法使いが現れ、たった一人にドラゴンの数を半分近くまで減らされたことすらあったとか。

そんな経緯から、人間は他の下等生物どもとは違い、ドラゴンからも一目置かれる生き物となっていた。

ここまで言えば、もうお分かりだろう。

人間の赤子がドラゴンの平均を凌駕《りょうが》する魔力量を持つということが、何を意味するか。

そう。もしこの赤子が将来、人間の魔法を使いこなせるようになれば……「人間特有の超高度な魔法を、竜並みの魔力に物を言わせて際限なく連発できる」という反則的な生き物が出来上がってしまうのだ。

それを直感した古竜は、これまでに抱いたことのない畏怖を感じてしまったというわけである。

もし古竜に人間と同じく汗腺があったら、今頃ドッと冷や汗をかいていることだろう。

(災いの芽は、早く摘まねば……)

本能的な危機感から、古竜は爪を振りかぶるために前足を上げる。

いくらとんでもないポテンシャルを持った赤子とはいえ、魔法を一つも覚えていない今の状態ならどうということはない。

これは古竜にとって、将来の脅威を取り除く最初で最後のチャンスなのだ。

そんな状況を古竜が逃すまいとするのは、当然のことだった。

──しかし。

爪を振り下ろす直前。古竜はふと考えを改め、その動きを止めた。

（いや……むしろコイツは育ててみよう）

そんなふうに、古竜は発想を百八十度転換させたのだ。

理由は二つ。

一つ目は、これだけの力を持つ者を味方につけることができれば、非常に心強いからだ。

敵になると脅威・絶望であるということは、裏を返せば、味方でいてくれると絶大な安心感をもたらしてくれるということ。

人間はあらゆる生物の中でも特に、親を尊ぶ習性を強く持つ生き物。

その人間の赤子を、我が子のように育てれば……とてつもなく優秀な味方ができる可能性があると考えたわけである。

無論、今の姿のままだと厳しいかもしれないが。

ドラゴンには「人化の術」という人の姿になれる魔法があるので、それをうまく活用すれば、その問題は解消できると目算していた。

そしてもう一つの理由は、古竜の寿命が迫っているというものだ。

人間で換算すると、余命はあと五年にも満たないほど。

当然古竜は、より長く生きることを目指して、寿命を伸ばせる魔法を開発しようと努力を重ねてきた。

というかここ数百年は、ほぼほぼその魔法の開発だけに時間を費やしていた。

結果、寿命延長の魔法を作り出すことはできたのだが……その魔法には一つ、重大な欠陥があった。

それは、「誰にも扱えない魔法である」という点だ。

人間が扱うには必要魔力量が多すぎるし、竜が使うには要求される魔法制御の水準が高すぎる。

理論上は存在しても、実際にその魔法を発動することは、自身を含め誰にもできなかったのだ。

魔法を完成させてからは、どうにかして必要魔力量を削ったり、魔法の術式を簡素化したりできないかと試行錯誤していたが……そんな最中に出会ったのが、この最強の赤子だったのである。

この子を育てて魔法を覚えさせれば、今まで悩みの種だったジレンマは一発で解決だ。

人間由来の高度な魔法制御と竜レベルの魔力で、この子はいとも簡単に寿命延長魔法を発動し、古竜を延命してくれることだろう。

その期待も込めて、古竜はこの恐ろしいポテンシャルの持ち主を育てることに決めたのである。

寿命が迫っているということは、言い換えればこの赤子に裏切られて殺されても失う余命はせいぜい五年だということでもある。

つまり「この子を育成する」という選択は、古竜にとってローリスクハイリターンであるというわけだ。

方針を固めた古竜は、とりあえず赤子の名前を確認することにした。

（この子の名前は……ハダルか）

幸いにも服の裾の裏に名前が書いてあったので、古竜はすぐに見つけることができた。

（よろしくな……ハダル）

心の中でそう言いつつ、古竜は赤子に浮遊魔法をかける。

（我の寿命を延長してもらった後は……まあ適当に学園にでも入学させて、人間社会に放り込めばいいか。幸いかつて我は人間界観察が趣味だった時期があって、人間社会の処世術はある程度心得ておるし）

山奥の住処《すみか》まで赤子を連れ帰る中、古竜は既に赤子の将来を考え始めていた。

第1章　トカゲの養子、すくすくと育つ

気がついたら俺は山の中に捨てられていた。

原因は分からない。

思い当たることといえば、昨日両親の機嫌が悪かったことくらいだろうか。

あまり記憶は確かではないが、「くろかみ」とか「やまのかみ」とか「いみこ」とか、喧嘩《けんか》の最中そんな単語がよく飛び交っていた気がする。

それらが何を意味するのかはよく分からない。

とにかく今分かるのは、自分が草木の生い茂る山の中にいること。

そして、おそらくこのまま何もしないでいると高確率で死んでしまうということだけだ。

とはいえ、ろくに身体《からだ》も動かせないのに何かできるわけでもなく。

俺はただ、状況が変わるのをジッと待つしかできないでいた。


なんかでっかい生物がやってきた。

トカゲを思いっきり拡大したところに羽をつけたような生き物だが、なんとなくその生き物からは有無を言わせない威厳を感じる。

このでっかい生物が敵なら自分は死ぬだろうし、味方なら確実に助かることだろう。
直感で、俺はそう確信した。
でっかい生物は若干震えながらしばらく俺を観察した。
そんなに俺が珍しいのだろうか。
などと思っていると……突如、でっかい生物は前足の爪を振り上げた。
どうやら敵だったようだ。
はい乙。俺の人生オワオワリ。
俺は死を覚悟した。
が——その爪は、一向に振り下ろされなかった。
それどころか、でっかい生物は前足を下ろしたかと思うと、表情が若干柔和になった。
一体何が起きているのかさっぱりだ。
なんか急に全身を確認しだすし。
あ、服の裾を確認したらなんか納得したみたいだ。何がしたいんだか。
困惑していると、でっかい生物は俺に一つ魔法をかけた。
それとともに、俺は自分の身体が宙に浮かび上がるような感覚を覚える。
でっかい生物は回れ右して、山の奥のほうへと進み始めた。
さっきの魔法の効果か、俺もそれに連動してでっかい生物についていく形となった。

◇

しばらくすると、でっかい生物と俺は洞窟に着いた。

洞窟の中に入ると、そこには夥《おびただ》しい量の金貨や宝石が積まれていた。

俺は金貨の山の上で魔法を解かれ、そこで横になった。

これがベッドとか言わないだろうな。

ゴツゴツしてて寝心地が悪いぞ。

などと思っていると……俺のお腹《なか》がグーと鳴った。

でっかい生物が味方らしいことがはっきりし、緊張が解けたからだろう。

それまで忘れていた空腹を、このタイミングで思い出したのだ。

でも金貨なんて食べられないぞ。

宝石となると尚更《なおさら》だ。

なんとかして、でっかい生物に空腹のサインを送った方が良さそうだ。

家にいたころは、適当に泣き喚《わめ》けば食事が用意されたもんだが……しかしこのでっかい生物は、果たしてそれを空腹のサインだと分かってくれるだろうか？

そんなことを考えていると……。

「縺願?·縺吶＞縺ヲ繧《む、お腹を空かせておるのか》」

でっかい生物は独り言を口にした。

言語のようだが、何を言っているのかは分からない。

「縺ォ繧薙£繧薙?·縺ゆ。縺斐←縺ッ縺シ縺ォ繧?·≧縺後＞繧《ああ、そういえば人間の赤子は母乳とかいうものが必要なんだった》」

マジで一単語たりとも理解できないが、でっかい生物の仕草からは、彼?彼女?が何かを思い出したであろうことが伝わってきた。

かと思うと……でっかい生物は、全身から光を放ち。

次の瞬間には、二十歳くらいの人間の女性の姿になっていた。

「繧上。縺?·→繝ゆ§縺」縺輔＞縺セ縺サ縺?·j繧薙¥縺励→縺《若いな。実年齢と人化魔法の外見年齢はリンクせんのか》」

人間の姿になっても尚、謎の言語で独《ひと》り言《ご》つ元でっかい生物。

「……おっと。竜語じゃ分からんか。ゆくゆくは教えていくとして……とりあえず今は、大陸共通語で話しておくとしよう」

と思いきや。

俺の不審がる表情でも感じ取ったのか、元でっかい生物は急に俺にも分かる言葉で話し始めた。

さっきの言語は「りゅうご」なるものだったらしい。

「ほらほらハダル。ご飯だぞ」

元でっかい生物はそう言って、母乳を飲ませようとしてきた。

……こんな得体の知れない生物の母乳なんか飲んで無事でいられるのか？

不安はあったが、空腹が勝った。

俺はその生物の母乳を口にした。

――すると。

「おぎゃあ⁉《何だこれ》」

飲んだ直後、身体に強烈な違和感が走った。

全身が異常に熱い。

悪気はなかったのだろうが、やはりでっかい生物の母乳は人間には毒だったか。

と、一時は死を覚悟した俺だったが……身体の熱さは、一分もすると引いていった。

そして今度は、全身に力が漲《みなぎ》ってきた。

力の張り具合はかつてないほどで、俺は今の自分なら何でもできそうな感覚を覚えた。

「おぎゃ《力が》……おぎゃあ《力が湧いてくる》！」

試しに立ち上がって、歩こうとしてみる。

いつもはよちよち歩きしかできないのに、今の俺は走ることすらできた。

それも、周囲の景色がみるみる変わるような速度でだ。

勢いがついて止まれないということもなく、俺は洞窟の外に生えてた木の目の前でピタッと減速、静止することができた。

敏捷性《びんしょうせい》もバッグンのようだ。

ついでに俺は、目の前の直径四十センチほどの木に軽く殴りかかってみた。

なんとなく、今の俺ならこの木をへし折れてしまう気がしたので、試してみたくなったのだ。

案の定、木は殴ったところからメキメキと音を立てて倒れた。

でっかい生物の母乳、すげえ。

「全く……人間の赤子とは、ワンパクなものだな」

気づけば隣に依然人の姿のでっかい生物がいて、俺は頭を撫《な》でられた。

◇

四歳になった。

いつものように山を散歩していると、目の前にでっかい熊が現れた。

名前はたしか、ギガントグリズリーだったか。

「やっ！」

適当に回し蹴りを食らわすと、熊は一撃でのびた。

適当とはいっても、肉に余計なダメージを与えないよう、ハイキックで頭を狙い撃ちにはしたが。

洞窟の食糧がかなり目減りしていたので、何かしら食糧となるものを見つけたいと思っていたところだったのだ。

獲物の方から現れてくれて非常にありがたい。

担いでみた感じ、体重は一・四トンくらいなので、六百キロくらいは肉がとれるだろう。

これでしばらくは、我が家の食糧事情は安泰だ。

……毎日熊肉ばかりだと飽きるので、別の食糧を探すことをやめるつもりはないのだが。

などと考えつつ、俺は熊を担いだまま洞窟へと帰った。

◇

洞窟に戻ると、お母さんの雰囲気がいつもと違った。

ちなみにここでいうお母さんとは、俺を拾ったでっかい生物のことだ。

「そろそろハダルも四歳だからな。これからはお勉強も少しずつ始めていこう」

昔は一単語すら理解できなかったお母さん特有の言語も、今じゃすっかり母語だ。

週に一度は「将来のことも考えて」と捨てられる前の言語で話す日が設けられているが、それ以外は基本、竜語で話すことになっている。

お勉強が何なのかは分からないが、何か新しいことが始まるようだ。

楽しいことだったらいいな。

「まずは、魔法の使い方からいくとするか」

「うん！」

魔法……お母さんがときどき使ってる不思議な力のことか。

その単語が出てきて、俺の中の期待が一気に高まった。

前から気になって自分でも使ってみたいと思ってたし、これはワクワクするぞ。

「そうだな……まずは手始めに竜の息吹あたりからいってみるか」

お母さんはそう言って、最初に習得させてくれる魔法を決定した。

……ん？　竜の息吹？

「竜の息吹？　あれってお母さんが何かを焼き尽くすときに吐く炎でしょ？　あれ僕にも使えるの？」

そもそもあれって魔法なのか。

ドラゴン固有の特殊な呼吸法か何かだと思っていたのだが。

「ああ。口から出しているように見えて、あれも立派な魔法だからな。十分な魔力量があって、魔法陣さえ覚えれば、人間でも撃てるはずだ」

疑問を抱いていると、お母さんはそう説明して魔法陣を見せてくれた。

なるほど、そういうタイプの魔法だったのか。

「魔法陣を脳内に浮かべつつ、『あっちに向かって撃つ！』と意識すれば、魔法は発動することができる。地面に向けて放つと大惨事になるから、宙に向けて撃つのだよ」

「はーい！」

言われたとおり、頭の中にさっき見せてもらった魔法陣を思い浮かべる。

イメージしやすいよう右手を上に掲げつつ、掌《てのひら》から息吹が飛んでいくよう意識してみた。

すると……上空に向かって馬鹿でかい火炎放射が吹き荒れた。

お母さんがやるやつと似たような雰囲気だし、多分成功だろう。

「なんと……一発で成功か」

ふと見ると、お母さんが唖然《あぜん》としていた。

「ダメもとでこの難易度から教えてみたつもりがこれか。竜なら習得に平均で二年かかるというのに……人間の魔法制御力は恐ろしいな」

お母さんは開いた口が塞がらないまま、空に残る煙を見つめている。

あれ。かなり動揺しているようだが……なにかマズいことやってしまっただろうか。

「え……今のなんかまずかった？」

「そ、そそそんなことはないぞ！　ただちょっと、私が初めて成功させたときより遥《はる》かに高火力だったから驚いただけでな。今の威力で放てるのは凄《すご》いことだ」

「そうなの？」

よかった。

一瞬ヒヤッとしたが、何もマズくはなかったようだ。

「凄いことだ」というのは親バカかリップサービスの類だろうが、とりあえず及第点を下回ってるってことはないんだろう。

どうやら魔法の勉強は楽しくやれそうだ。

「お母さん、次は何を教えてくれるの？」

「そ、そうだな……ちょっと待っててくれ。まさかこのレベルとは思わなかったから、カリキュラムを考え直さないと……」

その後も俺は、「竜の息吹」の収束度を上げてビーム状にした「竜閃光《りゅうせんこう》」をはじめとし、様々な魔法を楽しく教えてもらった。

◇

十歳になった。

朝食を食べ終わると、俺は日課の読書を始めた。

今日読んでいるのは、「放射性ヒヒイロカネの核分裂について」という本。

お母さんが言うには、これは何千年も昔に書かれた「古典」というものに該当するらしい。

「ハダルは人間なのだから、将来は人間社会で生きていく必要がある。そのためには教養が必要だ。そして教養といえば古典だ」

そんな理由から、俺は六歳あたりから何千年も昔の本を読まされまくっているのだ。

こういった本に使われる言語は、普段お母さんが使う言語とも捨てられる前に使ってた言語ともかけ離れているので、最初は読むのにかなり苦労した。

何ヵ月もかけて基礎的な単語と文法の知識を入れた後、初めて読んだ文章がどこぞの国の王子による「姫様かわいいね」的な手紙だったときは、正直かなり学ぶ意義を疑ったものだ。

だが今となっては、こうしてためになる本を読めているので、ここまで続けてきてよかったなと思っている。

そんな経緯から、今俺に分かる言語はお母さんの母語である「竜語」、古典のための「古代語」、そしていずれ人間社会に出るときに使うという「大陸共通語」の三つにもなっている。

一番慣れ親しんでいるのがどれかというと、間違いなく竜語だ。

一時間かけて百二十ページほど読み進めると、俺はそこに栞《しおり》を挟んで本を閉じた。

そして、魔法の勉強に入ることになった。

◇

「今日教えるのが最後の魔法だ」

突如として……俺はお母さんからそう告げられた。

「その魔法とは……寿命延長魔法」


これまで俺は、以下のような順番で魔法を学んできた。

まずは、単純だが魔力消費は多い魔法。

若いうちは魔力を使えば使うほど総魔力量が増えるので、一発あたりの魔力消費が大きい魔法をガンガン使おうという方針でそれらを習ってきた。

それをひととおり習熟すると、今度は魔力消費こそ小さいが高度な魔力操作が必要となる魔法を習い始めた。

ちなみにお母さんは、そういった魔法は使えないらしい。

時にはお母さんが人間の姿になって山を降り、魔導書と呼ばれる教科書を買ってきてくれたりしつつ、俺はそれらの魔法を習熟していった。

「こういう魔法を使うのは人間の特権だからしっかり習熟しておきなさい」とのことで、頑張って身につけてきた。

九歳になったころからは、魔力消費が大きく、かつ高度な魔力操作も必要な魔法を習いだした。

高度な魔力操作が必要な魔法は、その分暴発もしやすい。

だから俺は、八歳のうちは、暴発しても大惨事にならない魔力消費の小さな魔法のみ習っていた。

が、そういった魔法が千回撃っても一回も暴発しないレベルになってくると、「そろそろ教えてもいいだろう」という判断になったようで、魔力消費の大きい魔法を教えてくれるようになったのだ。

これらの魔法は、一つ一つ習熟するごとになぜかお母さんが「おお……この魔法が実際に発動されるのを目にできる日が来るとは……」と涙するほど感激していた。

なんか自分で理論を組み立てた魔法だかららしい。

そしてそれらも……今日に至るまでで残すところあと一つというところまで来ていたようだ。

「魔法陣はこれだ」

お母さんは魔法陣を見せてくれた。

例によって、お母さん自身では発動できないらしい。

「この魔法は私にかけてほしい」

しかしそう言われると……流石《さすが》に俺も躊躇《ちゅうちょ》した。

……魔法陣を見るのも初めての魔法だぞ？

「自分でも撃ったことのない魔法でしょ？　ぶっつけ本番はちょっと……」

「ハダルなら大丈夫と信じているのだがな……」

いやいやいや。信頼してくれてるのは非常に嬉《うれ》しいんだが、その手の親バカは万が一の事故に繋《つな》がりかねないだろ。

「……まあでもどうしてもというなら、試し打ちをしてからでもよかろう」

それでも、俺の不安な気持ちを汲《く》んでくれたのか。

お母さんはそう言って、魔法の試し打ちを許可してくれた。

寿命延長魔法だよな。

てことは魔法の発動対象は、何らかの生物である必要がある。

生物、生物……あっ、ちょうどいいところに兎《うさぎ》が。

まずは魔法発動前の寿命を知っておくべく、俺は寿命解析魔法を発動した。

兎の寿命は、残り二ヵ月のようだ。

その確認が済むと、お母さんのオリジナル魔法である寿命延長魔法を、兎にかけてみる。

見た目には何の変化もない。

が……再度寿命解析魔法をかけてみると、兎の余命が百五十年にまで延びているのが確認できた。

「……うん。問題なく使えるみたい」

「だろう？　我の魔法理論にも、ハダルの発動能力にも、初めから問題などあるはずもなかったのだ。さあ、我にもかけてみておくれ」

お母さんの現在の余命は、あと四百七十七年。

それを確認した上で、先ほど兎にかけたのと同じ魔法をお母さんにかける。

すると……お母さんの余命は、千五百二十六年にまで延びた。

同じ魔法をかけたはずなのに、千年以上も伸びたな。

生物種によって延び率が違ったりするのだろうか？

「どう？」

「な、なんという素晴らしい効果……明らかに身体が軽くなったように感じるぞ」

「これって……何回か重ね掛けしたら、その分もっと寿命が増えるの？」

「ああ、そういうふうに術式を設計したからな。ハダルの魔力に余力があるなら、もっとかけてほしい」

お母さんの希望に沿い、俺はあと八回ほど寿命延長魔法を発動した。

余命が一万年に近づいたところで、「流石にこれまでの倍も生きられれば十分だ」と、お母さんの方からストップが入った。

「なんという素晴らしい効果……立派に成長したものだ」

お母さんが感激する光景は、お母さんオリジナル魔法を習得するたびおなじみとなっているのだが……今回の感激は、ひときわ大きい気がする。

そこまでのことをした実感はあまりないが、寿命が延びたのはそれだけ嬉しいことなんだろうな。たぶん。

◇

お母さんの寿命を延ばしてから、約二年後のある日のこと。

お母さんは久しぶりに人間の姿になると、「ちょっと出かけてくる」と言って山を降りていった。

見送った後は、日課をこなすことにした。

まずは空に向かって「速射竜閃光」を連射する。

「速射竜閃光」とは、竜の息吹の収束度を上げてビーム化したものである「竜閃光」を高速連射する技のことだ。

連射する理由は、この魔法の一秒あたりの魔力消費量が、他のどの魔法よりも大きいから。

総魔力量を伸ばすには、毎日たくさん魔力を使うことが肝心だ。

でも魔力鍛錬のためだけに、多くの時間は割きたくない。

だから、お母さんが知る限り全ての魔法を習得した後は、こうして最短時間で魔力を消費できる魔法で、鍛錬を済ませているのである。

ちなみに「速射竜閃光」、お母さんには使えないらしい。

普通の「竜閃光」は撃てるが、それを連射しようとなると、ドラゴンが扱える魔法陣の難易度を超えてしまうのだそうだ。

名前に「竜」って入ってるのにドラゴンが使えない魔法ってなんだよ。

残り魔力が一割を切ったあたりで、俺は今日の魔力鍛錬をやめ、洞窟に戻って読書を始めることにした。

今日読むのは「応用魔素量子論」。

もう古代語には慣れっこなのだが、内容が単純に難しいため、一日三十ページくらいしか読み進められない。

というか多分、一回読んだだけじゃ理解しきれないから、何回か読み返す必要がある気がする。

今日は百二十ページからだ。

俺は時間を忘れて本を読みふけった。

◇

食う寝る魔法を放つ以外の時間は読書をする。そんな日々をおくっていたら、三日後にお母さんが帰ってきた。

その手には書類の束が。

「おかえり。また何か読み物を買ってきてくれたの？」

「いや……ある意味読み物もなくはないが、メインは違う」

古代の論文とか、そういった類のものを仕入れてきてくれたのかと思ったが、どうやら今回は違うようだ。

「じゃあ、それは何？」

「受験票だ。そろそろ社会にでる準備が必要だからな。ハダルにはこれから、学園に通ってもらう」

お母さんはそう言って、俺に書類を手渡した。

それを聞いて……俺はとうとうこの時が来てしまったか、と思った。

学園なるものについては、お母さんからいろいろ聞いている。

人間は大人になると社会に出て働く必要があるのだが、子供がある日突然社会に放り出されてやっていけるわけがない。

そこで社会に出るための準備として、子供はある程度の年齢になると「学園」という場所に入り、勉強したり友達を作ったり、インターンという体験的な社会経験を得たりするのだそうだ。

そして無事卒業資格を得られると、晴れて大人の社会人として働けるのだそう。

しかし、学園ならどこでもいいのかというとそういうわけではない。

将来良《い》い労働環境で働こうと思ったら、レベルの高い学園に通った方が、圧倒的に有利になるのだそうだ。

そんな事情があるからこそ、レベルの高い学園は志願倍率が高く、誰でも入れるわけではない。

そこに入るためには、裏口入学ができる一部の貴族などを除けば、「受験」というものをして自分が他の志願者より優秀であることを示さないといけないのだとか。

そしてその「受験」のための手続きを、お母さんはしに行ってくれていたというわけだ。

などと考えていると、お母さんはこう付け加えた。

「これはゼルギウス王立魔法学園という学校の受験票だ。試験日は一ヵ月後、当日は私が送り届けるから心の準備をしておくように」

一ヵ月後か、近いな。

と思ったが、別に心の準備ならもうできている。

というのも、お母さんからは「十二歳になったら学園に通う」ということはさんざん聞かされてきたのだ。

ついにこの時が来たか、くらいの感想しか浮かばない。

しかし……一つ疑問は思い浮かぶ。

「受験勉強はしなくていいの？」

お母さん曰《いわ》く、レベルの高い学園を志す者は、熾烈《しれつ》な受験競争に勝ち抜くために受験勉強をしまくるとのことだったはずだ。

普通の勉強に加えて、受験の一年前くらいからは、志望校の問題に特化した対策を始めるものだと。

それなのに……もう一ヵ月前って、短くないか？

「確かに、受験産業ではそういうのが一般的だって話は、どこかでした気がしなくもないな。だが実際はな、圧倒的に基礎が出来上がっていれば何とかなるものよ。まあそういう人間は少数ではあるが……ハダルはその類だと、我は確信しておるぞ」

……あー、最も発揮してほしくないところで親バカが出ちゃったぞお母さん……。

あるいはなんだ、浪人を軽く考えているのか。

ドラゴンという長寿の生き物ゆえに、その辺の感覚が人間とズレていてもおかしくはないのがな……。

「とはいえ、全く問題に触れないのも不安じゃろうからな。模擬問題集は買ってきてやったぞ」

しかし流石に一ヵ月前となると、お母さんもそういうものは用意してくれたようだ。

「よかった、ありがとう」

愚痴を言っても、過去には戻れないのだ。

いやある程度の範囲かつ短時間の遡行くらいはできなくはないが、世界全体で年単位となると流石にお手上げだ。

今からでもやれることをやるしかないな。

自室に戻ると、早速俺は模擬問題集に目を通し始めた。

……大陸共通語で書かれた本、何気に初めて読むな。

だが言語の慣れの差を差っ引いても、「応用魔素量子論」に比べれば段違いに簡単だ。

これなら一ヵ月もあれば十周はできそうだ。

などと若干の希望を取り戻しつつ、俺はパラパラと問題集を解き進めていった。

第2章　トカゲの養子、学園へ

一ヵ月後。

俺は空飛ぶお母さんに乗って、ゼルギウス王立魔法学園の上空に到着した。

ちなみに現在、高度五十キロ。

竜の姿のまま降りると人々が驚くので、変身しない限りこれ以上は下がれないらしい。

お母さんから飛び降りると、しばらくスカイダイビングを楽しむ。

地上が近づいてくると飛行魔法で減速し、軟着陸した。

目の前には、巨大な施設に入るための門があり……その看板には、「ゼルギウス王立魔法学園正門」と書かれている。

おそらくここが入り口だろう。

門を通ってすぐのところには受付があり、自分と同い年くらいの子──おそらく他の受験生だろう──が提示する書類をチェックして、中に通していた。

あそこで受験票のチェックを済ませるのだな。

他の同い年の子たち同様、受験票を見せると、正門前の男は受験番号を確認した上で俺が行くべき教室を教えてくれた。

教室に着くと、そこには机がずらりと並んでおり……その一つ一つに受験番号が貼ってある。

受験番号が自分の受験票と一致する机を見つけると、俺はそこに座って待機した。

まずは筆記試験からのようだ。

三十分くらいすると先生が入ってきて問題用紙を配り、試験開始の合図をした。


問題はどれも簡単だった。

どの科目も模擬問題集と似たような問題しか出題されておらず、スラスラと解けない問題など一つもなかった。

のは良かったんだが……そのせいで、試験時間の三分の一が経過したころには、既に退屈になりかけてしまった。

「時間が余ったら何度も見直しするのだぞ」とお母さんに言われていたので、何度も答案を入念にチェックしてみたが、それも五周くらいすると飽きてしまった。

試験時間はまだ、半分残っている。

もっと何回も見直しすべきなんだろうが……仮にミスがあったとしても、今の気分だと見つけられそうにないな。

何か気分転換する方法があればいいのだが。

……そうだ！

この試験は必須解答科目二科目の他、自由選択科目四科目のうち二科目、計四科目を解くことになっている。

つまり現時点では、まだ二科目解いていない科目がある。

本来その必要はないのだが、気晴らしにそれらも解いて、また見直しに入るか。

選ばなかった自由選択科目もほとんどは簡単な問題ではあったが……うち一問だけ、ちょっと頭を捻《ひね》らないといけない面白い問題があった。

おかげで結構気分をリフレッシュできた。

気分一新、最初に解いた四科目の見直しをしたが……どうやらそもそもミスがないらしく、特に修正すべき点は見当たらなかった。

そうこうしていると、試験時間が終了した。

俺は答案用紙を回収しにきた先生に、最初の四科目分の答案用紙だけを渡した。

筆記試験が終わると……一科目目の実技試験である剣術試験に向けて、みんな移動を始めた。

俺もそれに倣ってついていく。

ちなみに問題用紙及び提出しなかった解答用紙は、持ち出し禁止となっているので机の上に置いてきている。

持ち出し禁止の理由は、問題の流出を防ぐためだそうだ。

模擬問題集の精度の高さを思えば、そんなことをする理由は無いように思えてしまうが……似たような問題の問題集が出回るのと過去問そのものが出回るのとでは、学園側にとっては意味が違ってきたりするのだろうか。

……どうでもいいことを考えていてもしょうがないな。

そんなことより、次の試験に向けて気持ちを切り替えよう。

剣術試験は校庭でやるようだ。

流れに沿って進んでいると、俺は会場である校庭に到着した。


校庭には特設の試合用ブースがいくつかあり……受験生は受験番号により、どのブースで試験を受けるかが分けられる仕組みになっていた。

自分の受験番号に該当するブースに行くと、既に十数人の先着者が列を成していた。

一人また一人と、彼らはリングに上がり、試験官と剣を交えていく。

試験官はなかなか手強《てごわ》いらしく、勝てる者は一人としていなかった。

それでも受験生が「ありがとうございます！」と言って満足げに試合場を後にするあたり……別に勝てなくても、合格点は貰《もら》える感じなのだろうか。

などと観察していると、俺はとんでもないことに気がついた。

……あれ。受験生、全員自前の剣を持参して挑んでる⁉

どうしよう。受験案内の持ち物リストにそんなの書いてなかったから、剣なんて買ってきてないぞ。

時間というものは残酷で、焦っている間にも自分の番が来てしまった。

「あの……この試験、自前の剣を持参してないと受けられないんですか？」

おずおずと、俺は試験官にそう聞いてみた。

「いや、そんなことはない。受験者に貸す用の剣はこちらで用意できるからな。ただ……どんな形状・重さの剣が一番しっくりくるかは人それぞれだ。試験でベストパフォーマンスを出すために、自前の剣を持参する者が多いのは確かだな」

聞いてみると、一応剣はなくても大丈夫とのことだった。

なるほど、そんな事情からみんな自分の剣を持ってきてるんだな。

要は暗黙の了解ってやつか。

どうりで受験案内に書いてないわけだ。

「すみません、貸してください」

「ああ、いいぞ。そこにあるのから好きに取ってくれ」

試験官が指差した方を見ると、そこには大小さまざまな剣が掛けてある剣立てがあった。

一つ一つ、手に取って感触を確かめてみる。

うーん……なんというか、どれも軽すぎるな。

武器を持っているという感じがしない。

これで戦うのはちょっと心許《こころもと》ないな……そうだ。

「あの……すみません」

一ついい方法を思いついた。

「なんだ？　そこに無いものは貸せないぞ？」

「この場で作った剣で戦ってもいいですか？」

「……は？」

試験官はポカンと口を開けて固まってしまった。

「何を言っているのか分からないが……規約にダメとは書いてないから多分大丈夫だぞ……」

しかしそれでも、とりあえず許可はもらえた。

じゃあ、作るか。

俺は原子変換錬金魔法で空気をオリハルコン――アダマンタイト合金に替え、剣を作った。

この合金の組み合わせは、理論上最も頑丈だ。

うん、重さも丈夫さもこれならしっくり来るな。

「できました！」

「む、無から剣が……！　剣を作るって、比喩じゃなかったのかよ……」

あんぐりと口を開けたまま、目が点になる試験官。

「よく分からんが……ええい！　試合開始だ」

俺がリングに上がると、試験官は心ここにあらずといった感じのまま試合が始まった。

とりあえず、適当に斬りかかってみる。

試験官はそれを防ぐべく、剣を合わせてきた。

と、そのとき……ハプニングが発生した。

「……んなっ⁉」

パキン、と音がして、試験官の剣が割れたのだ。

整備不良か？

今のはノーカンで、別の剣で試合再開ってことになるのだろうか。

でも一応これで決着としてくれるかもしれないし、ひとまず勝負は決めておくか。

などと思いつつ、俺は試験官の首筋に剣を突きつけた。

「ま、参った……俺の負けだ……」

そう言ってもらえたので、剣を降ろす。

どうやら勝負ありのようだ。

たまたま剣が折れるタイミングだったというだけで勝ちにしてもらって、これ採点的には問題ないのだろうか。

「負けたけど、試合内容は充実していた」みたいな奴《やつ》の方が高得点になるんだったら、できれば再戦させてほしい気もするが。

などと考えていると……試験官がボソッとこう呟《つぶや》いた。

「そんな……名匠に打ってもらった剣が……」

どうやら試験官は、かなりガックシ来ているようだ。

……これはマズいぞ。

試験官の心証を損ねて、得点が高くなるわけがない。

とりあえず……何かできる範囲でお詫《わ》びをした方が良さそうだ。

「あの……この剣で良かったらあげます！」

どうせ即席で作った剣だし、などと思いつつ、俺はそう提案してみた。

「い……良《い》いのか？」

「はい。剣を折ってしまって申し訳ないので、せめてものお詫びにと……」

「いや、それはこちらこそすまないな」

などと会話した後、俺は試験官に剣を手渡した。

すると……今度は別のハプニングが発生した。

「……ぬおっ⁉」

試験官が剣を持った瞬間……彼は体勢を崩し、剣を落としてしまったのだ。

切っ先が真っ先に地面につき、地面が少し抉《えぐ》れる。

「何《なん》っっだこの重たい剣は⁉　一体何の素材で出来てやがる！」

試験官は目を白黒させつつ、そう聞いてきた。

「オリハルコン―アダマンタイト合金です」

「オリ……はぁ⁉」

素材を述べると、試験官はより一層困惑する。

「そんなもん、一体どこから出したんだ？」

「錬金術で作りました」

「オリハルコンを錬金術でだと……⁉　というか今、アダマンタイトって言ったか？　なぜ剣の素材にそんなものを……」

「だってそれが一番頑丈な剣ができるじゃないですか」

アダマンタイトは、純金属の中では一番剛性の高い金属だ。

ただし金属というのは、得てして純金属より合金の方が強度が上がるもの。

そこで俺は、二割くらいオリハルコンを混ぜて合金化したものを、剣の素材に使ったのだ。

これが理論上最強の強度の剣になる。

ゆえに……剣の材料にアダマンタイトを使うのは、当然のこと。

と、思っていたのだが。

「それはそうだが……アダマンタイトの比重、三百グラム毎立方センチメートルだぞ？　そんなもので長剣を作ったら……」

剣を指差しつつ、震える声で試験官はそう指摘する。

うん。確かにこれ、六十五キロ近くはあるな。

「何か問題でも?」

「そんな重い剣でどうやって……いやでもお前、さっき普通に振り回してたな。お前にとってはこれが適正なのか……」

試験官はブツブツ呟いて、しまいには頭を抱えてしまった。

しばらくして、試験官はこう結論づけた。

「とりあえず。これはいらない。試験なら学校の備品で続けられるからな。こんなの振り回してたら俺の腕が一分も持たねえ」

そんなに重たいだろうか。

というか、剣の受け取り拒否されたの結構凹《へこ》むなあ……。

これじゃもう、どうやって試験官の心証を回復すればいいのか分からないぞ。

「でも、さっきの剣、大事なものだったんじゃ……」

「安心しろ。俺の剣なら、学園の予算から経費で落として買い直せるからな」

試験官はそう言って、親指を立てた。

まあそれなら一応は安心していい……のか?

「むしろお前の剣がヤバい代物で助かったぜ。普通の剣相手に折れたら、整備不良ってことで自己責任扱いされたかもしれないからな。でも相手がオリハルコン―アダマンタイト合金製の剣とあっちゃ、まず間違いなく業務上の損失として計上できる。経費申請もあっさり通るさ」

不安が全く残らないわけではないが、とりあえずこれ以上できることもないので、俺はリングを後にすることにした。

最後の試験科目は、魔術試験か。

剣術がどんな採点になってもいいように、ここでしっかり取り返さないとな。


魔術試験の会場に向かう途中。

ある分岐路で、俺はこんな看板を目にした。

「攻撃魔法試験→　クリエイティブ試験↓」

そういえば、魔術試験って二つの試験方法のうち、一つを選択する方式だったな。

それがこの看板に書いてある、攻撃魔法試験とクリエイティブ試験。

攻撃魔法試験は的に攻撃魔法を当てる試験で、クリエイティブ試験は与えられた材料から自由に魔道具を一個作るという内容の試験だ。

このうち無難な選択肢は……攻撃魔法試験の方だ。

試験内容が単純で評価基準が分かりやすく、狙って高得点を取りやすいからだ。

逆にクリエイティブ試験の方は、「どんな魔道具を作るかは自由」な反面、採点が試験官の裁量任せで、狙って高得点を取るのは難しい。

クリエイティブ試験の全受験者平均点は例年、攻撃魔法試験の全受験者平均の九割程度となってしまうくらい、その差は顕著だ。

ゆえに、ほとんどの受験生は攻撃魔法試験の方を選択することとなる。

当然俺も、攻撃魔法試験を選択するつもりでいた。

わざわざセオリーから外れたことをするメリットなどないと思っていたからだ。

だが——それも剣術試験があんな結果になるまでのこと。

今の俺は、クリエイティブ試験の方を受ける気になっていた。

理由は一つ。

別にクリエイティブ試験は、単純に攻撃魔法試験に比べて不利なわけではなく……クリエイティブ試験なりのメリットも存在するのだ。

そのメリットとは、「クリエイティブ点」という追加点制度が存在すること。

魔術試験の配点は通常百点だが、クリエイティブ点も加味した場合、クリエイティブ試験では最大百三十点を得ることができるのである。

剣術試験の試験官、表向きは「気にするな」と言ってくれたが……内心苦い思いをしたのは間違いないだろうからな。

採点は芳しくないと思っておいた方がいいだろう。

それでも試験に合格しようと思えば……魔術試験で、剣術試験の分を挽回《ばんかい》するほどの点を取る必要がある。

別に魔道具作成が得意というわけではないが、今の俺に無難な選択肢を取っている余裕はないのだ。

無難な点数を取って合格点に届かず落とされるか、無難じゃないけどうまく行けば合格点を超えられるかもしれない方法に賭けるか。

この二択なら、後者を選ぶのは当たり前のことだろう。

というわけで、俺はクリエイティブ試験の会場がある右方向へと進んだ。

噂《うわさ》どおりこちらの試験は不人気で、剣術試験に並んでいた人はどこへやらというくらい閑散としていた。

◇

会場でしばらく待っていると、全受験者に一個ずつ魔石が配られた。

この試験のルールは簡単。

制限時間一時間の間に、決められた材料で作れる魔道具を、何かしら一個作るだけだ。

材料は、魔石に関しては配られた一個のみの使用が許されている。

それ以外の材料、例えば金属や木材に関しては、共用の資材置き場から好きなだけ取って使っていいとのことだ。

配られた魔石を確認すると……早速俺は、何を作るか考え始めた。

正直、魔石の質はあまりよくない。

これで作れるものは、かなり限られてくるだろう。

だが逆に言えば、魔石の質による制限は、「その中で可能な限り高度な魔道具を作れば高得点をあげますよ」というヒントとも捉えられる。

つまり俺が作るべきは……この魔石を材料に作れる魔道具の中では難易度の高い部類である、重力操作装置とかになってくるだろう。

まあ難易度が高いとは言っても、それはあくまで「与えられた条件の中では」の話であって、重力操作装置なんか十分もあれば完成する程度のものなんだが。

それくらいしか思いつかないので、しょうがないな。

などと考えていると、試験官が「始め！」と合図を出した。

早速俺は、魔石に魔法陣を刻み始める。

その作業は六分で終わった。

次に俺は、資材置き場から鉄を持ち出し、加工を始めた。

これでツマミ付きの台座を作り、ツマミを回して効果半径や重力の倍率を操作できるようにするのだ。

二つのツマミを作り、それぞれのツマミの上に目盛りをつける。

一個目のツマミの目盛りの数値は〇・一～三、もう一つのツマミの目盛りの数値は〇～十だ。

一個目のツマミは重力の倍率を決定するもので、下限は〇・一倍、上限は三倍に設定することができる。

魔石の質がもう少し良ければ無重力とか重力百倍とかにできたりもするのだが、この装置の性能だとこんなところが限界だ。

二個目のツマミは効果半径を示すもので、最大半径十メートルの空間の重力を変えられることを示している。

魔石を台座にセットすると完成だ。

予想どおり、十分ちょっとで完成してしまった。

完成した後は、効果半径を三十センチくらいにして試運転し、魔道具が正常に動作することを確認した。

ルール上、できた人から提出していいことになっているはずなので……時間はダダ余りだが、もう提出するか。

俺は重力操作装置を試験官のところへ持っていった。

「は、早いな……。もう完成したのか？」

「はい」

困惑気味の試験官に、重力操作装置を手渡す。

「どういう魔道具か説明してくれ」

「重力操作装置です。右のツマミで効果半径を、左のツマミで重力の倍率を設定できます」

試験官に説明を求められたので、簡潔に説明すると……試験官はなぜか、ガッカリしたように大きくため息をついた。

「馬鹿なことを言うな。重力操作装置など机上の空論だ。そんなもん、神話か御伽噺《おとぎばなし》にしか出てこんよ……」

どうやら呆《あき》れられてしまったようだ。

まずい、魔道具のチョイスをミスったか。

でも気になるのは、試験官の物言いが、あたかもこれを架空の魔道具かなんかみたいに言っていることなんだよな。

机上の空論どころか、一応ちゃんと動作チェックまで済ませてあるのだが。

「まあ試験官として、一応挙動は見てみるとするよ。どれどれ……ここに合わせれば、重力が十分の一になるんだな？」

試験官はそんなことを言いつつ、ツマミを回す。

次の瞬間……試験官の目の色が変わった。

「……⁉　身体《からだ》が……軽い……？」

試しに軽くジャンプする試験官。

軽く蹴っただけなのに、その身体は十メートルほど宙に浮き……とても自由落下とは思えないほど、ゆっくりゆっくりと地面に降りてきた。

「こ、これは……こんなことが……！」

顎が外れんばかりに口をあんぐりと開けたまま、試験官は完全に硬直してしまった。

そのまま一分ほど、試験官は唖然《あぜん》とし続けたままだった。

「これ……は……夢……か……？」

うわ言のように、試験官はそう呟く。

何してんだろうこの人。

不思議に思っていると、ようやく試験官は我に返った。

「……疑ってしまって大変申し訳なかった！」

まず試験官は、震えながらそう言って俺に深く頭を下げる。

まさかこの人……本当に重力操作装置を御伽噺の存在だと思ってた、なんて言わないよな？

「にしても……困ったな。こんな代物、いったいどう採点すればいいやら……」

そして試験官は俺に魔道具を返却しつつ、頭を抱えてしまう。

謝るくらいならクリエイティブ点ください。

あわよくば、上限の三十点分。

などと心の中で祈ってみる。

まあこの祈りが通じる可能性は低いだろうが……人事は尽くしたので、あとは天命を待つしかないな。

side：試験官

「一体どうなってるのよこの答案は……」

ゼルギウス王立魔法学園の入学試験が行われた、次の日の職員室にて。

筆記試験の試験官は、とある受験生の解答を前に……つい、そんな言葉を漏らしてしまった。

「どうした？」

その言葉が気になり、隣の席に座っている、剣術試験の試験官が声をかける。

「筆記試験全科目満点の受験生が出たのよ」

「それは珍しいな」

筆記試験の試験官が告げた内容に、剣術試験の試験官は目を丸くした。

ゼルギウス王立魔法学園の試験は、どの科目もだいたい合格最低点が五割、合格者平均点が六割五分になるように作られている。

そんな試験で満点を取る人など、二〜三年に一人くらいしかいないのだ。

その満点取得者だって、満点なのはせいぜい一科目、多くて二科目くらいのこと。

全科目満点など、前代未聞の出来事だった。

「とんでもない天才もいたもんだ」

「でしょ？　でもね……それだけじゃないの」

しかし……この空前の出来事さえ、筆記試験の試験官が目にしたものの中では、まだ序の口にすぎなかった。

「それだけじゃない……とは？」

「これを見て」

そう言って筆記試験の試験官が剣術試験の試験官に見せたのは……当該受験生の、六科目分の答案用紙。

解答の詳細を読むまでもなく、剣術試験の試験官にも、何が異常なのかは一瞬で分かった。

「まさかこの人……解答する必要のない科目まで？」

「そのまさかよ。しかも……本来は必要ないんだけど、あまりの事態につい採点してみたところ、余分な二科目さえも満点だったの」

「んなことあっていいのかよ……」

筆記試験の試験官が告げた事実に、剣術試験の試験官は頭を抱えた。

本来四科目を解くために与えられた試験時間で、六科目を解く。

常識的に考えて、時間が足りるはずがないのだ。

特に剣術試験の試験官は、学生時代、筆記試験のビハインドを実技の点数でカバーしてきた脳筋タイプ。

そんな彼には、この受験生の存在が雲の上すぎて訳が分からなくなり始めていた。

「でも、問題はそこじゃない」

「ここまででも十分すぎるくらいおかしいんだが……まだ何かあるのかよ」

もうそろそろ、剣術試験の試験官は独り言に反応してしまったことを後悔し始めていた。

「この自由選択科目『精霊疫学』の第六問の解答なんだけど。この受験生、模範解答とは全然違う方法で解き切ってるんだけど……その過程で、ついでに未解決問題を解決しちゃってるのよ」

「はぁ⁉」

最終的に……剣術試験の試験官は素っ頓狂な声を上げて、椅子からガタリと立ち上がってしまった。

それもそのはず。

未解決問題とは、歴史上様々な学者が挑戦しては証明に失敗してきた問題のこと。

決して受験生が「模範解答と違う解答をするためにあの定理を使いたいから」みたいな理由で片手間で解いてしまっていいものではないのだ。

頭がクラクラする中……剣術試験の試験官は、六科目分の答案をボーっと眺める。

と、そんなとき……彼は答案の中に、恐ろしい事実が記載されているのを目にしてしまった。

「……ん？」

目を擦り、再度当該部分を確認する。

「この受験番号って……」

「この受験番号がどうしたの？」

「間違いない。あの人だ」

彼は思い出した。

剣術試験のときの、人生一の衝撃を受けた記憶を。

「……あの人？」

「剣術試験でとんでもない戦い方をしていった奴がいたんだよ。具体的には……剣を持参するのを忘れたからと言って錬金魔法で剣を作ったあげく、その剣で俺の剣が叩《たた》き折られた。それを申し訳ないと思ったのか、ソイツは作った剣をくれようとしたんだが……なんとその剣、オリハルコン――アダマンタイト合金製だったんだ」

ここまで言うと……筆記試験の試験官にもその異常さが伝わった。

彼女は剣術には疎いが、剣のサイズをしたアダマンタイト合金は人間が振り回すようなものではないことくらいは知っている。

「そんなもの、彼はどうやって振り回してたの？」

「それが……ソイツはどうも、剣はアダマンタイト合金で作るのが常識とすら思っているみたいなんだ……」

「いったいどう育ったらそうなるのよ……」

今度は彼女が頭を抱える番だった。

お互いに衝撃の事実を交換しあったことで、二人の間にはしばし沈黙が走る。

……と、そんなときだった。

職員室に、別の先生が入ってきた。

「おやおや。何楽しそうに話してるんだい？」

そう気さくに話しかけるのは……入学試験のとき魔術試験を担当した試験官の一人。

クリエイティブ試験の担当だった。

「とある受験生のことよ。筆記試験では未解決問題を解き、剣術ではアダマンタイト合金の剣を振り回した。そんなとんでもない逸材がいれば話題にもするでしょ？」

そんな彼に、筆記試験の試験官は、これまでの話を簡潔にまとめて伝える。

「未解決問題……？」

未解決問題という単語が引っかかったのか、魔術試験の試験官は答案をのぞき込む。

「……やっぱりな。この受験番号か」

そして彼もまた、剣術試験の試験官と同じような反応になった。

「おいおい、まさか魔術試験でも……」

「そのまさかだ。彼はクリエイティブ試験を選択したんだが……なんと彼はな、重力操作装置を作ったんだ」

「「じゅ、重力操作装置……!?」」

重力操作装置という単語が出てきて、二人の試験官の声がハモる。

「な？　だから未解決問題ってとこで『もしや』って思ったんだよ。そんな奴なら、存在しないはずの魔道具だって作りかねないなと思ってな」

魔術試験の試験官は、まるで「全てを理解した」とでも言わんばかりの表情でそう続けた。

「その子が攻撃魔法試験を選択しなくて助かったわね……。でなければ今頃、この学園は焦土と化していたかもしれない……」

筆記試験の試験官が、サラッととんでもない感想を呟く。

その言葉に、魔術試験と剣術試験の試験官は背筋が凍った。

「ところで……実はちょっとその件に関連して、相談したいことがあって来たんだが」

と、ここまで来て……魔術試験の試験官はようやく、職員室に来た本題を話すことにした。

「クリエイティブ試験、通常クリエイティブ点が上限三十点だよな。そこの上限を取っ払って、通常点満点に加えて、クリエイティブ点を百点あげたいんだが……いいかな？」

彼の提案は……通常であれば絶対に通るはずのない、無茶苦茶すぎるものだ。

というのも、「合格最低ライン50％、合格者平均65％」というのは筆記に限った話ではなく、全科目ほぼほぼほぼそんな感じ。

クリエイティブ点を含まない通常の総合満点は三百点なので……単純計算で、合格最低点は例年百五十点前後となる計算なのだ。

そんな中、クリエイティブ点を百点もつけるということが何を意味するか。

それは「たった一科目の試験官の一存で、受験生に合格をあげられてしまう」ということだ。

通常点を百点満点、それに追加点を百点も加算すれば、それだけで合格最低点はゆうに超えてしまう。

この相談は実質、「魔術試験の成績だけでこの子を合格にしていいか」という意味になるわけだ。

一人の試験官にそれだけの裁量が渡ってしまうと、その試験官の匙加減《さじかげん》次第では、不正受験が横行してしまう。

クリエイティブ点が上限三十点というのも、それを防ぐためにそういう基準となっているのだ。

だが……これに対する二人の試験官の反応もまた、異例のものだった。

「どうぞどうぞ。私は構わないわ」

「どうせ俺も満点をつけるからな。彼の首席合格は絶対だし、百点といわず千点でも一万点でもつければいい」

こうなると、あとは校長が特例措置に首を縦に振るかどうかだけだ。

だが、校長は三科目の試験官の全員一致となった決定を覆すことを、基本的にしない。

こうしてハダルの成績は、歴代最高——いや、空前絶後の点数となることになるのであった。

◇

入学試験の日から十日が経《た》った。

今日は合格発表の日。

俺は泊まっている宿で朝食を済ませると、早速結果を確認しにいくことにした。

「出かけるので、一旦鍵をお返しします」

「はい、いってらっしゃいませ」

ロビーにて、受付嬢に部屋の鍵を一時返却する。

この宿に泊まる期間を延長するか、それとも今日限りでチェックアウトすることになるか……全てはこの後見に行く結果次第だな。

この宿は、学園から徒歩五分というアクセスの良さで選んだ。

合格してたらこのまま泊まり続けるし、不合格だったらこれ以上いる理由がなくなるのでチェックアウトするというわけだ。

今回はゼルギウス王立魔法学園単願だからな。

滑り止めを受けていないので、不合格はすなわち浪人生活の始まりを意味する。

お母さんの洞窟で宅浪するか、どこかの予備校に入塾するかは未定だが……予備校はたいてい専用の寮があるらしいので、いずれにしてもこの宿とはおさらばとなるのだ。

剣術試験がアレだったからな……正直自信はないが、魔術試験でクリエイティブ試験方式を選んだのが吉と出ていることを祈りたい。

などと考えながら歩いていると、学園正門前に到着してしまった。

正門の両隣には一個ずつ掲示板が出されていて、門の右側のは普通の合格者の掲示板、門の左側のは成績上位者の掲示板となっているようだ。

まだ朝早くだというのに、すでに受験生やその親と思われる人だかりが両掲示板前にできている。

なんなら前日の夜から門の前で待機する猛者すらいるらしいとのことだから、実に恐ろしい話だ。

あまり人混みに近づきたくないので、五メートルほど離れた場所から透視魔法を発動して掲示板を確認する。

もちろん、確認するのは右側の普通の合格者の掲示板の方だ。

「俺の受験番号……俺の受験番号……」

見落としがないよう、一つ一つの番号を虱潰《しらみつぶ》しに確認していく。

が……結果は残酷なもので、俺の受験番号はそこにはなかった。

これで浪人確定か。

やっぱり、模擬問題集を解き始めるのが一ヵ月前だったのがよくなかったんだろうな。

もちろん一番の原因は剣術だろうが、筆記の方だって、俺が解けている気になっていただけで実は解けていなかったのかもしれない。

気晴らしに余計な科目を解くのも、二科目じゃなくて一科目に抑えておけば、もっと見直しの時間が取れたかも……。

いまさら思い悩んでもしょうがないことが、どうしてもグルグルと頭の中を渦巻いてしまう。

……帰ろう。

そう思ったとき……近くを通りすがった受験生の二人組が、こんなことを口にしているのが聞こえてきた。

「なあ。あの特待生合格の生徒、点数おかしくなかったか？」

「ほんとそれな。特に魔術試験のアレ、もはやバグだろ」

……他人の点数の話で盛り上がれるとか、やっぱ合格者は心の余裕が違いますこと。

こちとらこんなに落ち込んでいるというのに。

とはいえ……そんな話が聞こえてくると、嫌でも気になってしまう。

俺は透視魔法を再発動し、成績上位者掲示板の方を確認した。

こちらは普通の掲示板とは違い、各科目の具体的な点数まで開示されているようだ。

並び順も受験番号順とかではなく、総合得点の高い者から順に上から並んでいる。
上位三名の受験番号と点数は赤字で書かれていて、その三人が特待生合格者のようだ。
さっきの二人の会話からして、点数がおかしい奴はこの中にいるのだろう。
見ていくと……何が異常かは一目で分かった。
一人だけ、魔術試験の得点が三百点もあったのだ。
「……誤植か？」
一瞬そう思ったが、よく見ると下に小さい字で補足が書かれていた。
『※特例によりクリエイティブ点の制限を外しています』
どうやら誤植ではないようだ。
点数は馬鹿げているが、採点者は大真面目にこの点数をつけたらしい。
変わったこともあるもんだ、などと思いつつ、俺はこの場を後にしようとした。
――が、そのとき。
得点の隣に、俺は更なる衝撃の事実を目にすることとなった。
「あれ、この受験番号……」
念のため、自分の受験票を再確認する。
……間違いない。
これ、自分の番号だ。

実は合格してた、なんてことが分かれば普通は大喜びするところなのだろうが、得点が得点だけになかなか実感がついてこなかった。

嬉《うれ》しいのはもちろん嬉しいけど……なんでこんな点数になったんだろう？

重力操作装置なんて、あの魔石で作れる範囲でならそこそこハイレベルってだけで、別にそれ自体が大した魔道具ではないはずだ。

上限三十点分の追加点がつくくらいならまだしも、わざわざ制限を外した意図は何なのだろう？

もしかしたら……あの試験の本質、「いかに他の受験者が作らない魔道具を選ぶか」というところにあったのかもしれないな。

多少大げさではあったが、あのときの試験官の反応からは、少なくとも重力操作装置が他の受験者とよく被《かぶ》るようなものではなかったことは明らかだったし。

おそらく、人があんまり作らない魔道具を作ったから好感度が上がったのだろう。

私情で成績が決まっていいのかはツッコミどころだが、まあ自分が得してる分には余計なことは言わないのが吉だ。

ちなみに他の科目の点数も見てみると、なんとあの剣術試験までもが満点だった。

思ったよりも経費がたくさん下りて、俺が折ってしまったやつより良い剣が買えたとかだろうか。

真相は分からないことだらけだが、とりあえず「受かった」と分かった以上は、これからの学園生活に向けて気持ちを切り替えることが大切だ。

俺は「合格者はこちら」と書かれた順路に従って入学案内などを受け取ると、宿に直帰した。

第3章　トカゲの養子、学業と就活を両立する

合格発表の翌々日。

入学手続きなども終わり、のんびりと王都を散策していた俺は……ふらっと立ち寄った定食屋の壁に、こんな貼り紙がしてあるのを見つけた。

『ゼルギウス生よ、実際の仕事を通して最高峰の建築技術を学ぼう。バンブーインサイド建設ワンデイインターン』

それを見て、俺は思い出した。

お母さんの言っていた、「人間社会での処世術」を。

「学生のうちは、とにかくガクチカを作るのだ。それが将来、ホワイトな職場で働けることに繋《つな》がるからな」

ガクチカ——学生時代、力を入れたこと。

志望動機と並ぶ、採用面接における頻出質問の一つだ。

中身は学業でも課外活動でも何でもいいが、「どれだけ尽力し、どのような実績を残せたか」によって、人事からの評価は大きく変わってくる。

尽力度合いや実績が高ければ高いほど、競争倍率の高い職場の人事からも非凡だと見なされる確

率が高まるので、一生懸命やっておきなさいというのだ。

ホワイトな職場は、知名度にもよるので一概には言えないが、基本的に狭き門だ。

そしてお母さん曰《いわ》く、人間の幸福度は「年間休日百二十五日、有休取得率90％、平均残業時間十時間以内」より良《い》い環境の職場で働けるかどうかに大きく左右されるとのこと。

つまり今どれだけ積極的に学業やインターンに取り組むかは、将来幸せに働ける職場に就けるかどうかに関わる、最重要事項だというわけだ。

またもう一つお母さんが言ってたのは、「ガクチカの内容は何でもいいと言われているが、実際には業職種によってウケがいい内容は変わってくるので、できるだけ多彩な経験をして『自分のどの側面を見せるか』を逐次変えられる方が有利だ」とのこと。

言い換えれば、ブラックな職場が多い業職種であっても、「短期インターンに限れば」経験してみる価値はあるということだ。

体験できる職種は……施工管理か。

施工管理、通称「セコカン」はお母さん曰く残業が多くなりがちで、よほど建築が好きにならない限りやめておいたほうがいいとのこと。

だがたった一日のインターンなら、多彩な経験を積むという意味において、やっておくのも悪くはないだろう。

どうせ入学式は一ヵ月後なので、それまで暇だし。

などと考えつつ、俺は頼んだメニューが届くまでの間に募集要項などをメモった。

そしてご飯を食べ終えると、早速俺は参加の準備をした。

◇

五日後。

無事俺はインターンの内定をもらうことができたので、実際に職務を体験してみることとなった。

呼ばれた場所は、バンブーインサイド建設本社。

始業時間まで待っていると、俺たちインターン生には一束の書類が渡された。

一ページ目の見出しには、「工程管理」と書かれてある。

次のページ以降は「品質管理」「原価管理」……と続いている。

「ウチは一次請けだからな。こういうのを作るのが主な仕事になる。読んだら実際現場を見に行ってもらうから、内容を頭に入れるように」

まず工程管理のページからザッと読んでいくと、そこにはどんな工期でどの下請けに何を割り振るかが細かく書かれていた。

それを読み終わると、俺はページをめくって品質管理の部分に目を通し始める。

ふむふむ、一階部分はとにかく頑丈さ重視でミスリル―アダマンタイト合金筋コンクリートを使うのか。

二階部分以上は、ある程度の耐久性を保ちつつも軽い材料に切り替えるために鉄―ミスリル合金を骨組みに使う、と。

そこまで読んで、俺はふと一つ疑問が浮かんだ。

「すみません。これ――なんで一階部分にオリハルコン―アダマンタイト合金、二階以上にミスリル―オリハルコン合金を使わないいんですか?」

頑丈さ重視ならミスリル―アダマンタイト合金よりオリハルコン―アダマンタイト合金の方が上だし、ミスリル―オリハルコン合金は鉄―ミスリル合金より頑丈な上に軽い。

なのになぜ、この組み合わせの金属なのか。

「ふっ……学生らしい質問だな」

すると職員は、「これだから素人は」と言わんばかりの目つきでそう返した。

「次のページを見れば分かるだろう」

次のページ……原価管理表か。

ふむふむ、このページはクライアントの予算をオーバーしないように材料を決定するためにあるようだ。

現行の材料で予算はギリギリっぽいし、おそらくこの職員は、この材料でないと予算をオーバーしてしまうからこれを使うんだと言いたいのだろう。

だが——疑問は残る。

「予算内に収めないと、ビジネスにならない、ということですね。それは分かりました。ただ……この表、おかしくないですか？」

「どういうことだ？」

「ミスリル—アダマンタイト合金、なんでこんなに高いのでしょうか」

「そりゃあアダマンタイトが貴重な金属だからに決まっているだろう」

「え……割と簡単に作れませんか？」

「は？　作る？　一体何を言って……」

何を言ってって……錬金魔法を使えば一瞬だよねっていう話でしかないのだが。

まさかそれを知らないってことはないだろうし、実際にやって見せてどこがダメなのか聞いてみるか。

「こんな感じで作ればよくないですか？　もちろん実際現場で使う際には、もっと大量に」

そう言いつつ、俺は剣を作ったときと同じ錬金魔法で、一辺三センチのオリハルコン—アダマンタイト合金の立方体を作った。

「これで骨組みの材料費は実質タダでは？」

そしてそう続けながら、俺はその立方体を机の上に置いた。

まあ厳密には、タダとはいかないだろうがな。

それでもかかるのは下請け魔法使いの人件費分程度なので、もともとの材料の原価すら下回る金額で調達は可能だろう。

「……えっ……え⁉」

職員はといえば、突如空中から現れた金属塊に目が釘付《くぎづ》けのまま、開いた口が塞がらなくなった。

「重っ……！　この重さは間違いなくアダマンタイト合金……こんなもの、一体どこから？」

「普通に空気を錬金魔法で変換しただけですが」

「空気をアダマンタイト合金にできる錬金魔法が普通なわけあるか！」

現象を説明すると、なぜか職員に勢い良くツッコまれてしまった。

「というかさっき……現場で使う際はもっと大量に、とか言っていたな？　その錬金魔法、そんな大規模に使えるのか？」

「まあそのくらいは……」

「なんて出鱈目《でたらめ》な……ちょっと待っててくれ」

かと思うと、職員はそう言ってどこかに駆けていってしまった。

「アダマンタイト合金を空気から……？」

「そんなの教科書のどこにも載ってなかったよな……」

「建築業界の根幹を揺るがす技術で草」

職員がいなくなった間、他のインターン生たちは各々そんなことを呟《つぶや》き始める。

原子変換錬金魔法、割とメジャーな錬金術の一種だと思うんだがな……。

教科書に載ってないとは、一体どういうことだろうか。

いろいろ不思議に思いつつも、五分くらい待つ。

するとさっきの職員が、目元のキリッとした長身の中年男性を連れて戻ってきた。

「はじめまして。私がバンブーインサイド建設の社長のライトだ。この中に、空気を錬金してアダマンタイト合金に変えたインターン生がいると聞いたんだが……」

長身の中年男性は机の上の金属塊に目をやりつつ、半信半疑な様子で自己紹介をした。

……社長⁉

社長なんか呼んできてどうするんだ。

「あの……彼です」

などと思っていると、最初の職員が俺を指しつつ、社長に説明する。

「ほう……君か。良かったら、私の目の前でもう一度、錬金魔法を見せてくれないかな？」

「あ、はい」

社長を呼んでまで何をしたいのかさっぱりだが、一応言われたとおり原子変換錬金魔法を発動することにする。

今回はさっきと同じサイズのオリハルコン――アダマンタイト合金の他、五センチ四方のミスリル

—オリハルコン合金も作ってみた。

「こんな感じです」

「うむ、実際に見ても尚《なお》、にわかには信じ難《がた》い光景だな……。だが確かにこの光沢は、オリハルコン—アダマンタイト合金とミスリル—オリハルコン合金だ……」

生み出した金属塊を見て、社長はそんな感想を述べる。

かと思うと、社長はとんでもないことを言い始めた。

「ちょっと君、悪いが今日は通常のインターンに参加するのではなく、私に付き合ってくれないか?」

「……え?」

……あれ。

「こんな特殊技術を持っているんだ。学生ではなく一事業主として、君に案件の相談をしたい」

なんでそんな話になってるんだ?

「ついてきてくれ」

「……あ……はい」

社長に手招きされたので、とりあえず行くしかないなと思い、後をついていく。

「ではこちらでは、通常のインターンを続行する」

職員は他のインターン生相手に指導を再開し、俺たちは完全に別行動となってしまった。

◇

社長についていった先にあったのは、巨大な倉庫だった。

倉庫に着くなり、社長はこう聞いてきた。

「ではまず単刀直入に聞きたいんだが……君、さっきの合金はどれくらい錬金できるんだ？」

どれくらい、というのは魔力の限界的な意味合いだろうか。

「そうですね……一日あたり馬車千台分くらいが限界でしょうか」

とりあえず、余裕を持って総魔力量の八割くらいを使って生産できる量を答えてみる。

すると、社長の動きが固まった。

「一日あたり、馬車千台分……⁉　作れる量まで現実離れしてると来たか。変な夢でも見ている気分だ……」

……あれ。

もしかして社長、なんかとてつもなく巨大な馬車でも想定しているのだろうか？

一応俺は、標準的な最大積載量一・五トンくらいの馬車を想定して千台と答えたつもりだったのだが。

十倍くらいの量を想定されでもしてたら、訂正しないといけないぞ。

などと焦っていると、社長はこう続けた。

「……分かった、とりあえず信じよう。では早速、取引のほうに移りたい。良かったら……とりあえず今日のところは、試しでオリハルコン―アダマンタイト合金を二百五十トンほど、ミスリル―オリハルコン合金を七百五十トンくらい生産してもらえないか？」

よかった。とりあえず、キャパオーバーした量は求められないようだ。

「建造物の安全性を最優先したいというクライアントは、いくらか抱えているからな。彼らなら、骨組みの材料費に従来の相場の三十倍くらいをかけてでも、これらの合金を使いたいと答えるはずだ。オリハルコン―アダマンタイト合金はキロあたり四千クルル、ミスリル―オリハルコン合金はキロあたり三千六百クルルとして……買い取り価格は三十七億クルルとしようと思うが、どうだ？」

安心していると、社長はそう買い取り価格も提示してくれた。

三十七億クルルか。

クルルとはここゼルギウス王国の通貨単位で、宿代が朝晩食事付きで一泊六千五百クルルなので……五十六万泊相当以上の金額だな。

……って、え⁉

「そんなにいいんですか？」

「当たり前だ。君の能力は、それほどの価値があるのだからな」

なんか急に、当面食うに困らない金額が手に入ってしまったぞ。

計算間違いとかじゃないよな。

「錬金場所は……ここでいいんですよね？」

「もちろんだ。そのために倉庫に来たんだからな」

社長に錬金した合金の置き場を聞いたところで、早速俺は魔法を発動した。

魔力を五割ちょい使ったところで、要求された量の合金ができあがる。

もちろん、ちゃんと一本一本鉄骨の形に仕上げて、だ。

「ぬおおお……実際に見ると、とんでもない光景だな……。ちょっと待っておれ」

社長はそう言ったかと思いきや、どこかに走り去っていった。

帰ってきたときは、その手にはマジックバッグが握られていた。

社長はマジックバッグから、大白金貨（一枚千万クルル相当）を三百七十枚取り出した。

「これが報酬だ。受け取ってくれ」

言われるがまま、大白金貨の山を収納魔法でしまう。

かつて目にしたことのない大金に、俺は完全に心ここにあらずとなってしまった。

が――しかし、社長から受け取るものはこれだけではなかった。

「あとは、これもだ」

そういって社長が俺に渡したのは、一枚の紙。

そこにはこう書かれていた。

内々定通知書

ハダル　殿

あなたのゼルギウス王立魔法学園の卒業をもって、当社の常務取締役《じょうむとりしまりやく》に選任されることが内々定しましたので、通知いたします。

尚、当社の内々定を辞退する場合には、他社への就業と兼任して当社の社外取締役を務めていただけますと幸いです。

（その際の出勤義務はございません）

バンブーインサイド建設

代表取締役社長《だいひょうとりしまりやくしゃちょう》　ライト＝ベールバレー

「建材の費用としては、予算の都合上さっき渡した額くらいの報酬しか出せないが……あれではオリハルコン―アダマンタイト合金の買い取り価格としては全く足りていないからな。君は満足してくれているようだが、そこに甘んじるのは大企業の社長として申し訳ない。そこで何か代わりにできないかと考えた結果……役員報酬として、別途人件費を支払うことにしようと考えた」

紙の内容を読み終わったところ、社長はそう説明を付け加えた。

「そ、そんな……そこまでしてくださるなんて」

「当然だ。君のおかげで、他社では到底できない高品質な施工ができるようになるんだからな。弊社の評判の上昇なども加味すると、君の貢献は間違いなく材料費分に留まらない。……会社が潤えば役員報酬もその分はずむから、今後もそれを楽しみに弊社に合金を供給してくれ」

「は……はい……」

なんか想定の斜め上の更に斜め上を超えてきたけど、まあ貰《もら》えるものをみすみす拒否するのはないよな。

俺は内々定通知書も収納魔法でしまった。

「とりあえず今回はお試しでこの量を生産してもらったが、在庫が勢いよく捌《は》けるようであればもっと生産してもらいたいと思っている。需要次第では単価の増加も検討するから、期待しておいてくれ」

最後に社長は、そう話を締めくくる。

三十七億さえ大金なのに、これを超えてくる可能性まで出てきたときたか。

内々定キープまでできちゃったし。

ただのインターンのつもりがどうしてこうなった。

◇

その後も、二週間後にバンブーインサイド建設から合金骨の追加注文が入り、俺は錬金のために本社に赴くこととなった。

どうやら前回の相場だと超過需要が発生したようで、今回は少し単価が上がり、同じ量を計五十二億クルルで買い取ってもらえることとなった。

まったく、とんでもなく太っ腹なクライアントを抱えることができたもんだ。

まあこんなのはビギナーズラックにすぎないだろうし、建設業界に入ると決めたわけでもないので、今後も地に足つけてガクチカを作っていこうという気持ちに変わりはないが。

そして更にその一週間後、ようやく入学式の日がやってきた。

一日の流れとしては、まず全体で式典をやったあと、クラスで自己紹介をやるという流れになるようだ。

全体での式典は学内最大の講堂で行われたのだが、校長の話が冗長だったため、俺は講堂全体に時空調律魔法をかけて二倍速で聞き流すことにした。

そんな疲れるイベントが終わると、ようやく教室へ。

ちなみに俺はAクラスだ。

とりあえず最初の席替えまでは席は受験番号順になっているようで、俺はドアに貼りだしてある席指定表を確認すると、自分の席に座った。

それからしばらく、担任の先生が来るのを待つことになるのだが。

待っている間、隣の席のめっちゃムキムキの男の子が俺に話しかけてきた。

「君、特待生の子だよね？　名前は？」

合格発表の日の受験番号でも丸暗記しているのだろうか。

記憶力いいな。

などと思いつつ、こう返す。

「ハダル」

「僕はイアン。オリハルコン―アダマンタイト合金の剣作ってたの見てたよ。なにせ順番次だったからね」

なんと、ムキムキの子――イアンと名乗った――はあの試験を見ていたようだった。

「そうなんだ」

蓋を開けてみれば満点だったものの、自分的にあの試合は黒歴史なので、あまり触れられたくはないのだが。

話題が変わってほしいという期待から、俺はポーカーフェイスで素っ気なく返事した。

「アダマンタイトを錬金できるなんて凄《すご》い能力だよね。そこでなんだけど……もし良かったら、アダマンタイトでダンベルを作ってくれない？」

……どうやらダンベルの話を深掘りすれば話を逸《そ》らしていけそうだな。

「いいけど、なんで？」

「見てのとおり、筋トレが趣味だからさ。お礼は弾むよ」

聞いてみると、イアンはそう言って腕に力こぶを作って見せた。

「そうなんだ。……いいよ」

……こんな屈強な人が、アダマンタイトごときでトレーニングになるのだろうか。

と思いつつも、まあ要望とあらばと思い、三種類くらいのサイズのダンベルをそれぞれ二個ずつ生成する。

「これでいい？」

「……最高だ。素晴らしい重さだね」

イアンは中サイズのダンベルを握りながらそう答えた。

……そうだ。

これじゃいずれ物足りなくなるだろうし、せっかくだから魔術試験で作ったアレも渡しとくか。

どうせ俺が持っててもあんま使い道ないし。

「よかったら、重力操作装置もいる？　三倍までしかできないけど」

そう言いつつ、収納魔法であのとき作った魔道具を取り出す。

「じゅ……重力操作装置？　なんだよそれ、流石《さすが》に冗談だろ……」

「いやいや、このツマミを回したら……」

「うおっ、フワッとした⁉」

半信半疑っぽかったので、イアンの周りの重力を六分の一くらいにしてやる。

すると、イアンは若干椅子から浮きながら目を白黒させた。

「逆側に回せば重くなるよ」

「な、何だよこれ……。まるで古代のアーティファクトじゃないか。流石に畏《おそ》れ多くてもらえないよ」

「どうせ俺が持ってても使い道ないし。いいよ」

「え、そんな……なんかごめん。何を以《もっ》てしても足りる気がしないけど、盛大にお礼させてもらうよ」

「そんなに気を遣わなくて大丈夫だよ」

などと話していると……ようやく先生が教室に入ってきた。

先生が来てからは、予定どおり自己紹介が始まった。

最初の方は、みんなただボーっと聞いていた。

が、十五人目の自己紹介のとき、教室が少しざわついた。

と同時に……イアンがコッソリと小声で耳打ちしてくる。

「なあ、あの子めちゃくちゃかわいくないか？」

「はぁ？」

「あそこまで澄み切った碧眼《へきがん》と艶《あで》やかな髪は宮廷でもなかなかお目にかかれないぜ？」

「へ、へぇ……」

……だからどうした。

まさかそんなことでさっき教室がざわついたのか？

「そう？　俺、山奥育ちだからそういうのよく分からないけど……」

「かわいいと感じるかどうかに山奥も何もないだろ……。僕は既に許嫁《いいなずけ》がいるから無理だけど、良かったら狙ってみたら？」

「……」

めんどくさいなと思って聞き流してたら、なんか衝撃の事実を打ち明けられたんだが。

なんでその歳《とし》で既に許嫁がいるんだ。

ていうかさっき、サラッと宮廷とかいうワードも出てきたし。

もしかして、王族とかその筋の人間……なんて可能性もあったりするのだろうか。

多分違うけど。

などと思っていると、十五人目の子が口を開いた。

「はじめまして。ジャスミン＝ベールバレーです。父はバンブーインサイド建設の社長です。よろしくお願いします」

この子はこの子で衝撃の事実があった。

まさかあの社長の娘が同級生とはな。

それを知った上で、俺はイアンにこう返した。

「いや、それはやめとくよ。仕事に悪影響が出るとやだからね……」

重要なクライアントの身内に手を出して万が一関係がこじれたら最悪だからな。

そんなリスクを取る必要はないだろう。

「し、仕事……？　なんだよ、僕たち今日まだ入学式だぜ……？」

イアンはそう言って首を傾《かし》げた。

「まだ入学式」って、なんでそんな言い回しが出てくるんだろう。

まさかコイツ、一年のうちは就活とか考えなくていいって思ってるタイプか？

もたもたしてると、五次請けの客先常駐型魔道具エンジニアくらいしかなれる職がなくなるからな。

動き出しは早ければ早いほどいいと思うのだが……。

というか、だ。

席順的には、次はイアンの番なんだよな。

「君の自己紹介の番だよ？」

「おっといけない」

どうやら本気で忘れていたようで、イアンは慌てたように教卓の前に向かった。

そして、彼の自己紹介が始まる。

「僕はイアン＝ゼルギウス、この国の第一王子だ。趣味は筋トレ。さっき特待生のハダル君から純アダマンタイト製のダンベルをもらったから一層精進するつもりだ」

簡潔に、彼はそう自己紹介をした。

それを聞いて……ようやく俺は、合点《がてん》がいった。

なるほど、進路が既に決まってるからこそ、かわいい子がどうとか余計なことを考える暇があるわけか。

第一王子ってことは、次期国王《内々定》の座を約束されてるようなもんだし。

戦時や飢饉《ききん》の真《ま》っ只中《ただなか》を除けば、国王は基本ホワイトだからな。

全く羨ましくないと言えば嘘《うそ》になるだろう。

ただ……裏を返せば「職業選択の自由がない」ということでもあるので、その点はちょっと微妙だな。

普通に就活を頑張った方がいいかなって気はする。

あとそういう立場なら、許嫁がいるってのも納得だな。

ていうか俺……第一王子相手に普通にフランクに話しちゃったけど大丈夫だろうか。

それにさっきイアン、魔道具のことを盛大にお礼とか言ってたよな。

そもそも人間関係を構築するのがこれがほぼ初めてなのに、いきなり王家に招待されてその作法に従って会食とか難易度高すぎでは。

などと考えていると、イアンが席に戻ってきた。

「あの、やっぱり魔道具のお礼はいいですよ。王家に呼ばれたりしたらまともにコミュニケーション取れる気がしなくて……」

「いや、あれだけのものをもらっておいてお礼をしないわけには……まあでもウチに呼ばれると緊張するというならそこは配慮するが。あと敬語はやめてくれ、同級生までその調子じゃうんざりだ」

とりあえず王家招待コースは回避できたようだ。

あと話し方も、今までどおりの方がいいみたいだな。

その後は、誰の自己紹介も特筆すべきようなことは何もなかった。

ちなみに俺は、「ハダルです。山奥の田舎からきました。趣味は読書です」ととにかく無難な自己紹介をしておいた。

◇

入学式の翌日。

朝十時くらいになると、俺は最初の授業を受けに校内の訓練場へと向かった。

こんな時間に登校しているのは、一限を空きコマにしているからだ。

お母さんはこう言っていた。「一限は絶起《ぜっき》のもと」と。

一人暮らしの学生が朝一番の授業など入れようもんなら、寝坊を繰り返し、しまいには遅刻や欠席の累積で単位取得条件を満たせなくなる。

そんな「絶望的起床」――いわゆる絶起をしてしまうのがオチなので、可能な限り一限は入れるなと言うのだ。

もちろん、必修などのせいで一限を避けようがないケースもなくはないのだが。

そういったものを除けば、基本的に授業は二限以降に固めるようにしている。

ちなみに今日起きたのは朝九時なので、一限を入れてたら危ないところだったな。

これから受ける授業は「魔法戦闘演習」という科目。

内容は、ペアを作って毎時間模擬戦闘をしていくというものだ。

こういった授業では、戦闘能力が近い者同士がペアを組んだ方が安全かつ効率的に演習を積むことができる。

そのためまず最初の授業では、全員の現時点の戦闘能力の測定が行われるようだ。

測定項目は防御能力と、あと一部の生徒の攻撃能力。

防御能力については全員測定するが、入学試験で攻撃魔法試験を選んだ生徒に関しては攻撃魔法の採点は済んでいるので、クリエイティブ試験を選んだ者だけ攻撃能力も測られることになるようだ。

授業のチャイムが鳴り、先生が軽く説明を済ませると、早速、防御能力の測定が始まった。

やり方としては、「まず先生が弱い魔法を放ってそれを生徒が防ぎ、うまく防げた場合は先生が段階的に強い魔法や速度の速い魔法、発動の早い魔法を放ち、それも防げるか試していく」という方法がとられるそうだ。

測定は来た順に行われるようで、俺は割と始業ギリギリを狙って来たため、順番が最後になってしまった。

別に他の生徒の測定の様子など見ていても退屈なので、内職でもすることにする。

俺は収納魔法で「応用魔素量子論」の本を取り出すと、自分の番が来るまで読みふけることにした。

流石にもう何回も通しで読んだ本なので、今ではだいぶスムーズに読めるようになっている。

そういえば……この本の最初に出てくる基本定理に「魔素は波と粒子双方の性質を持つ」というものがあるのだが。

波としても振る舞うってことは、相手の魔法に逆位相の魔素をぶつけたら、理論上どんな魔法も完璧に打ち消すことができることになるよな。

せっかく防御能力の測定の授業なんだし、先生の攻撃魔法相手にそれができるか試してみるか。

ぶっつけ本番でうまくいくかは知らないがな。

などと考えつつ、俺は自分の番が来るのを待った。


二十分ほどすると、俺の番が来た。

「次は……ハダル。ああ、例の特待生か」

先生に呼ばれたので、位置につく。

「お前なら、今までの測定で放った中で一番強い魔法から始めて問題ないな。その方が時短にもなるし」

「……え」

……大丈夫なのか？

見てなかったから、「今までの測定で放った中で一番強い魔法」がどんなレベルか分からないのだが。

いきなりメチャクチャ強力なのが飛んできたらどうしよう……。

「では、始め！」

疑問に思っている間にも……先生はそう言って、魔法発動のため体内の魔力を動かし始めた。

交渉の余地はないようだ。

仕方がないので、こちらもとりあえずできることをやることにする。

ええとまずは……相手の魔法に含まれる魔素の振る舞いを解析しないと。

そう思い、俺は「魔素位相解析」という魔法を発動した。

相手の情報が得られたら、あとはその逆位相の魔素の振る舞いを発生させてぶつけるだけだ。

俺は魔法を発生させると、先生の魔法にぶつけた。

結果……俺の魔法と先生の魔法は完全に相殺され、魔法現象は何も起こらずじまいとなった。

とりあえずこれで、仮説は立証されたな。

「あれ……魔法が……不発……？　いや待て冷静になれ俺。すごい特待生が相手だからって緊張するな。教師が魔法発動失敗など不甲斐《ふがい》なさすぎるぞ……」

一方で……先生は、今の事象を自身の魔法発動失敗だと捉えてしまったようだ。

先生は動揺する自分を、何とかして落ち着かせようと深呼吸を始めだす。

いや、今のは先生のミスではなく、れっきとした俺による防御なのだが。

この調子で行くと、最悪、俺の評価がつかない……なんてことにはならないよな？

などと考えている間に、先生は落ち着きを取り戻したようだ。

「気を取り直して……もう一発！」

再度、魔法の発動を試みる先生。

さっきと同じ要領で、俺はその魔法を打ち消した。

「クソッ……なぜだ⁉　もう一回！」

「もう一回！」

「……もうい……」

何度も何度も、魔法の不発を自分のせいだと思い込み、深呼吸しては新たな攻撃魔法を発動しようとする先生。

しかしそんな先生も……五発目くらいになると、次第に違和感を覚えだしたようだ。

先生は何かを察したようにこう聞いてきた。

「ハダル……まさかお前、俺の魔法の発動を妨害したりしてないだろうな？」

「え……最初からずっとやってますけど」

「……な⁉」

答えると、先生は困惑してなんとも言えない表情を作った。

「なんでそんなことができるんだよ！」

一瞬遅れて、先生は勢いよくツッコんだ。

「魔法陣への妨害って、天才と呼ばれる魔法使いが晩年になってようやく習得するようなものだぞ？　それも対象は、発動までに長時間かかる大規模魔法だけだ！　こんな一瞬で術式を構築できる魔法を消せるなんて聞いたこと無い！」

そして……なぜか俺は、やってもない技をやってのけたことにされてしまった。

俺がやったのは魔素そのものの打ち消しであって、術式阻害といった類のことではないのだが。

「いやこれ、逆位相の魔素をぶつけて魔法そのものを消してるだけなんで全然大したことないですよ……」

「言ってる意味が全然分からないんだが。少なくとも、未知の魔法理論を一から構築して実践に落とし込むことは、絶対に『大したことない』部類には入らないぞ」

と言われてもなあ……。

使ってみて分かったんだが、実はこれ、実用できたところであんまり有用じゃないんだよな。

そう思った理由は一つ。

消費魔力量という点においてこの防御方法は、魔法陣の弱点を突いて術式を無効化する方法の完全下位互換なのだ。

簡単に例えるならこうだ。

魔法の相殺をたき火の消火に見立てるとすると、逆位相の魔素をぶつけるのは、燃え盛るたき火に水をかけるようなもの。

それに対し、魔法陣に対する妨害をするのは、着火剤に水をかけてそもそも火が点《つ》かないようにするようなものだ。

当然、この両者を比べるなら、必要な水の量は後者の方が圧倒的に少ない。

そしてここで言う水とは魔力の比喩である。

そんなわけで、相手の攻撃魔法に対応する無効化魔法があるケースでは、そっちを使った方がマシなのだ。

もちろん、あらゆる魔法に対となる無効化魔法が存在するわけではない。

術式妨害で無効化できないものについては、完全に相殺しようと思ったら逆位相の魔素をぶつけるしか方法はないだろう。

そういう意味では、汎用性という点だけはこちらに軍配が上がるかもしれない。

しかしそんな魔法なんて、闇属性魔法や呪い系統の魔法のごく一部しかないので、汎用性の高さがそこまでデカいメリットかというと、そうとも言えないのが現実だ。

そして先生はあたかも「術式無効化ができるのは発動に時間がかかる魔法だけ」みたいに言ってるが、「魔法の解析→対処」というプロセスは両者変わらないので、逆位相の魔素をぶつける暇があれば同じ時間で術式無効化魔法も組むことができる。

なので、スピード面において逆位相の魔素をぶつける方法が特に優れているかというと、そういうこともないのである。

だいたいこの魔法、未知の魔法理論を一から組んだわけじゃなく、古代の魔法理論を安易な発想でちょっと応用しただけだしな。

現代で知られてないとしたら、その理由は間違いなく「あまり有用でないため廃れた」からだろう。

つまり、無駄な車輪の再発明だったというわけだ。

ま、頭の体操にはちょうどよかったがな。

などと思っていると、先生はこう結論づけた。

「まあいい。とりあえず防御の測定結果は『底なし』ってことでいいだろう」

いやよくないだろ。なんだそのガバガバ測定。


というわけで、防御能力の測定はなんかよく分からない結論を出されて終わってしまったのだが。

俺の能力測定そのものには、まだ続きがあった。

「まあとりあえず、防御能力の測定はこれで全員終了っと。このクラスで攻撃魔法の方も測定しないといけないのは……」

先生はそう呟きつつ、名簿に視線を落とす。

「……ハダル含め三人か。せっかくだし、流れでハダルから始めるか」

先生がそう決めたので、俺は立て続けに攻撃魔法の測定もすることとなったのだ。

どうやって測定するのだろう。

入試のルールに則《のっと》って、的に向かって魔法でも放てばいいのだろうか？

などと思いつつ、訓練場の端に設置してある的に目をやる。

だが……そんな俺の考えとは裏腹に、先生はこんなことを呟いた。

「しかし……あの防御魔法を見た後だと、普通に的に放つ試験にするのは気が重いな」

そう呟いたっきり、しばらくの間先生は額に手を当てて考え込む。

その末に俺に出された指示は、こんな内容だった。

「……そうだ。とりあえず、地上に影響が出なさそうな攻撃魔法を一個空に放ってみてくれないか？」

……地上に影響の出ない魔法、か。

そういう条件なら、オーソドックスに竜閃光《りゅうせんこう》でも放っとけば良さそうだな。

竜閃光は、竜の息吹の収束度を上げてビーム状にした魔法。

ビームの射線上は高威力のエネルギーが通過するが、逆に言えば、そこから外れた場所にはほとんど何の影響も及ぼさないのだ。

まあ流石にビームの周囲半径十センチくらいの空気はビームの熱で急激に膨張するため、ちょっとした衝撃音が轟《とどろ》くことにはなるが、それくらいは見過ごしてもらえるだろう。

どんな魔法だって、多かれ少なかれ周囲への二次的な影響は発生するものだし。

などと考え、俺は使う魔法を決定した。

竜閃光を放つ前に一応、上空に向けて探知魔法を放つと、ちょうど真上あたりにグリフォンが飛んでいることが分かった。

俺はそのグリフォンを狙い撃つことに決めた。

ただ空中に魔法を放つよりは、何かしらに狙いを定めた方が、命中能力もあることが実証できるからな。

その方が点数も高くでるだろうと思ってのことだ。

魔法を発動すると、一筋のビームが空を貫き、肉眼では点にしか見えない位置にいるグリフォンに命中した。

「……んだよ今の魔法……。射程も発射速度も化けもんすぎるだろ……」

ビームを見て、先生は口をあんぐりと開けたまま目が上空に釘付けになる。

そんな彼を覆ったのは……鳥の魔物の形をした、大きな影だった。

「おっと」

このままでは先生がグリフォンの下敷きになってしまう。

咄嗟《とっさ》に俺は先生の真上に結界を展開し、グリフォンを受け止めた。

「うおっ、びっくりした！」

「……怪我《けが》はないですか、先生？」

展開した結界の上に飛び乗ると、俺はグリフォンを担ぎ、誰もいない安全な場所へと移動させた。

「こ、これは……まさかグリフォンか？　地面に落っこちてくるって、一体何が……」

しばらく不思議そうにグリフォンの死体を眺めていた先生だったが……次第に彼は、グリフォンが負っている一ヵ所の怪我に気づく。

その原因に察しが付くと、先生は青ざめた表情でこちらを向き、こう聞いてきた。

「まさか、さっきの魔法で……？」

「はい。適当に撃つよりは、何かを狙った方が、命中精度があることを証明できるかと思いまして……」

「……嘘だろ」

先生の眼《め》には、若干の怯《おび》えすら宿りはじめてしまった。

「……なあ。グリフォンっつったら、Aランク冒険者でも地上を襲いに来た奴《やつ》を返り討ちにするのが精一杯なレベルの魔物だぞ？　普段はあまりにも高い所を飛んでいるせいで、射程に特化した戦略級兵器でようやく攻撃を届かせられるかってくらいだ。それをお前、あんな攻撃発生の早い魔法で余裕で貫くって……」

と言われてもな。

Aランクって、冒険者のランク的にどの辺なんだ。

FからAまででAが一番上とかなら確かにすごいことなのかもしれないが、C、B、A、S、SS、SSSの六段階とかだったら中間くらいだしな……。

それに俺が狙ったグリフォンは、普通に魔法で届き得る射程にいる奴だった。

おそらく、何らかの理由で高度を下げて飛んでいる奴が、たまたま俺の探知に引っかかってしまったとかだろう。

何をそんなに動揺しているんだろう……。

と思っていると、先生はとんでもないことを言い出した。

「……よし、分かった。お前には現時点で、この科目の単位を出しておく。そして魔法戦闘系の必修科目全ての単位を無条件で出すよう学長に頼むとしよう」

どういうこったよそれ。

なんか俺、狙った魔物のチョイスが神ってたせいで買いかぶられてしまったみたいだな。

ま、それはそれでいいか。

単位が保証されるってことは、その分、課外活動に注力しやすくなるってことだし。

せっかく頂いた評価を謙遜して覆してしまうのももったいないだろう。

俺は過大評価については気にしない方針にすることにし、クラスのみんなが待機している場所に戻った。

「こんなのと模擬戦したら、現役魔法師団長でさえ命が危ういわ……」

後ろで先生が何やらボソボソ喋《しゃべ》っているような気がしたが、声が小さくてよく聞き取れなかった。

◇

二限が終わると、昼休憩の時間に入った。

俺は食堂の外のテラス席に座ると、収納魔法で昼食を取り出す。

食べていると……食堂で注文を終えたイアンが俺を見つけ、隣の席に座ってきた。

イアンは俺の昼食を見るなり、不思議そうにこう聞いてきた。

「……あれ？　なんでハダル、昨日の日替わり定食を食べてるんだ？」

どうやらイアンは俺の食事内容に疑問を持ったようだ。

「今日はそのメニュー、売ってないはずじゃ……」

「ああ、これなら昨日大量に注文して収納魔法で保存してるんだよ」

そう。昨日の日替わり定食がかなり好みのメニューだったので、大人買いしておくことにしたのだ。

収納魔法空間は、時間が停止してるからな。

こうすれば、たとえ好きなメニューが日替わり定食であっても、毎日いや毎食だって食べることができる。

「イアンも自分好みの日替わり定食が出たらやればいいじゃん」

「なるほど……！　その発想は無かった！」

まるで難問の解説が腑《ふ》に落ちたときのような嬉《うれ》しそうな表情で、イアンはそう言って何度も頷《うなず》く。

「やっぱグリフォンを撃ち落としちゃうような天才は、アイデア力からして違うんだな……」

いやそれは別に関係ないだろ……。

などと思いつつ、俺は定食を食べ進める。

食べ終わると、俺たちは次の教室へと移動した。

三限の授業は、錬金術だ。

昼食を食べ終わるのが早かったからか、教室には俺たちが一番乗りのようだ。

席順は自由との貼り紙があったので、俺はチャイムが鳴るまでイアンとどうでもいい話を続けた。

◇

授業が始まると……先生は全員に大さじ二杯程度の砂を配った。

今日の授業内容は、「教科書に載っている魔法陣を参考に、錬金術の術式を構築し、砂を水晶に変える」というものだ。

びっくりするくらい簡単な内容だが、まあ初回の授業はオリエンテーションなのでそんなもんだろう。

教科書を見るまでもなくその程度の術式は知っているので、俺は三秒とかからず配られた砂を水晶に変えた。

やることがなくなったので、とりあえず教科書でも読み始める。

すると……ちょっと流し見した段階で、俺はある一つの違和感を覚えた。

どういう意図か知らないが、変換術式が全部個別に紹介してあるのだ。

例えば四ページには砂を水晶に変える魔法陣が載っていて、五ページには油を石鹸《せっけん》に変える魔法陣が載っているのだが、これらは本来ひとまとめにして紹介できるものだ。

なぜならこの魔法陣は「変換対象の物質を指定する部分」と「変換後の物質を指定する部分」の記述を変えればあらゆる物質変換に応用できるからである。

まるで「ひたすら例文ばかり紹介しているが文法を一切教えない語学の教科書」みたいなもの、とでも言おうか。

本来は単語と文法を覚えていれば自在に文章を組み立てられるはずだが、そんな教科書で勉強をしてしまうと暗記した例文以外使うことができない。

同じことが、この錬金術の教科書にも言えるのだ。

こんなことをするより、魔法陣の実例紹介は一～二個にとどめ、魔法陣の作り方の記号論理の説明にページを割いたほうがよほど効率的だと思うのだが……。

などと思っていると、後ろからこんな声が聞こえてきた。

「質問があったら何でも聞いてくれ」

どうやら先生が、みんなの様子を見るために教室中を巡回しているようだ。

じゃ、聞いてみるか。

先生が近くに来たとき、俺は質問をするために挙手をした。

「……何だね？」

「先生、この教科書について一個質問なんですが。これ、なんで魔法陣の組み立て方を一切解説せずにひたすら例の紹介ばかりしているんですか？」

すると……先生は訝《いぶか》しげな表情で、こう聞き返してくる。

「……魔法陣の組み立て方？　いったい何の話だ、全部違う魔法なんだから個別に紹介するしかないだろう」

「いや、例えばこの魔法陣ならこの部位が変換前の物質を示していて、こっちの部位が変換後の物質を示しているじゃないですか。これらの部分の記述を変えれば、こっちのページの魔法陣になりますよね。ですから、いちいち魔法陣を個別に紹介しなくても、この部分の模様の記述方法を解説すればいいいんじゃないかと思うんですが……」

質問を掘り下げると……先生は目を丸くして、こう聞いてきた。

「まさか……君、この魔法陣の中身が分かるのか⁉　ぜひ解説してくれ！」

……ええ？

先生もそこからなのか……？

「い、いいですけど……」

先生に促され、俺は教壇に上る。

そして、部位ごとに色を使い分けて黒板に魔法陣を描いた。

「この赤色の部分が変換前の物質を規定する部分、青色の部分が部位が変換後の物質を示す部分です。ですから、たとえば赤色の部分をこういう記述に変え、青色の部分をこういう記述に変えれば……」

そう言いながら新たな魔法陣を隣に描くと、俺は実際にその魔法を発動した。

「この魔法陣の場合、空気がオリハルコンになりますね」

そう言って俺は、錬金術によって空中に出現した小粒のオリハルコンを先生に渡した。

「こ、これは間違いなくオリハルコン……！　なんて大発見だ！」

先生は大興奮してソワソワしだす始末。

本気でこのこと知らなかったのか……。

でも先生すら知らないってことは、魔法陣の組み立て方がそもそも知られていないってことだよな。

俺が読んだ本には普通に書いてあったのだが、よく考えればあれ古代の本だし。

……もしかして、ロストテクノロジーとかそういう類なのか？

「俺も試してみるぞ……！」

などと思っていると、先生も空気をオリハルコンに変える魔法を試すことにしたようだ。

魔法の発動はうまくいき、俺が作ったのと同じ小粒のオリハルコンができる。

が……それと同時に、なぜか先生は肩で息をし始めた。

「ゼェ……ゼェ……な、なんだこの異常な魔力消費は⁉」

ついに先生は立っていられなくなり、膝をついてしまう。

そんな中、先生は何かを思い出したように、震える声でこう聞いてきた。

「風の噂《うわさ》で聞いたんだが……今年の一年生の中には、入試のとき、錬金術でオリハルコン合金の剣を作った者がいるんだとか。この術式を知らなかった俺は、そんなの見せかけのトリックだとばかり思ってたのだが……もしやそれをやったのって、君か？」

「ええ、そうですが」

「……剣って、この粒の何千倍ものサイズがあるよな？」

「まあそんなもんですかね」

「……君、本当に人間か？」

……なぜそんなことを疑われなくてはならない。

育ての親はドラゴンだが、生みの親は人間のはずだぞ。

◇

次の日。

俺は朝七時半に起きて、学園に行く支度をした。

一限に必修《クソだるいやつ》があるせいで、こんな時間に起きる羽目になってしまった。

いったい誰だこんな時間割作った奴。

とまあテンションが上がらない中、俺は重い足取りで教室に向かう。

今日の一限は魔法薬学の授業だ。


「今日の授業では、世界一作るのが簡単と言われているポーションの調薬を通して、ポーション調薬の基礎基本を体感してもらう」

例によって、初回のオリエンテーションゆえに難易度は下げられているようだ。

「今回みんなにやってもらうのは、アール草を使ったポーション作りだ。このポーションは軽度の傷を治すことはできるが、副作用として結構な泥酔作用があるため、現在ではほとんど流通していない」

などと説明しつつ、先生は全員にアール草の束を配っていく。

……チュートリアル的な感じで、実用性は度外視でとにかく簡単な薬を作ろうってわけか。

「ポーションが完成したら、このラットに飲ませるように。傷が治ったら調薬成功だ」

更に先生は、ケージに入れられた軽い傷を負ったラットを全員に配った。

「作り方は教科書の一番最初に書いてある。では、始め！」

先生の合図と共に、全員が一斉にポーションを作り始める。

作り方は……薬草を煮詰めながら専用魔法を付与し、最後に濾《こ》す。以上。

本当にシンプルだな。

手順に従い、薬草を水の入った鍋に入れて火にかける。

煮詰めている間……暇なので、俺はなぜこのポーションに強烈な副作用があるのかを考察してみることにした。

顕微魔法を始めとする様々な方法で薬草を観察し、特徴を洗い出す。

そうこうしていると……だいたい何が原因かがハッキリしてきた。

――光学異性体だ。

このポーションの有効成分は、一種類しかない。

しかしその一種類の成分には、結晶構造が通常のものと鏡写しのものの二パターンが存在する。

結晶構造が通常のものと鏡写しのものは、ほとんど似ているにもかかわらず薬理作用が全く違っている。

通常のものが傷を癒《いや》す作用があるのに対し、鏡写しのものには泥酔する作用があるのだ。

それゆえこのポーションは、「傷は治るが副作用として泥酔もするポーション」として認識されるようになってしまったのだろう。

だが実際は、鏡写しの方を除去してやれば、傷が治る作用だけがある薬を作ることができる。

煮詰めた薬液の魔法付与と濾過《ろか》を済ませると、俺は更にその液体に分子分別魔法をかけ、光学異性体を分離させた。

傷が治る作用のほうを、傷を負ったラットに与える。

するとそのラットは、傷が癒えて元気になった。

周囲を見渡すと、クラスメイトたちのラットは酔っぱらってケージ内で暴れまわっているのに対し、俺のラットは冷静沈着そのもの。

仮説は正しかったようだ。

新しい発見ができて満足していると……ちょうどそのタイミングで、先生が巡回に来た。

先生は俺のラットを見るなり、不思議そうにこう聞いてきた。

「傷は癒えているな。しかし……どうして君のラットはそんなに冷静なんだ？」

やはり気になったのは、ラットの様子のようだ。

「傷が治る成分と酔う成分を分離して、傷が治る成分だけを与えたからですよ」

「……どういうことだ？　このポーションには一種類の有効成分しか入っていないはずだが？」

「厳密には違います。確かに、このポーションの有効成分である物質は、一種類の分子なのですが
……その構造が違うんです」

説明しつつ、俺は収納魔法で紙とペンを取り出し、二つの分子構造を描いた。

もちろんその二種類とは、通常の分子構造と鏡写しの分子構造だ。

「全く同じ組成の分子ですけど、この二つって鏡写しになってるんですよね。この違いが、薬理作用の違いに繋がってるんです。こっちは傷が治る成分、そしてこっちは酔う成分です」

光学異性体についての解説を終えると、俺は鍋の中身を差しつつこう言った。

「俺はそれらを分離させて、傷が治る成分だけをラットに与えました。鍋の中身は酔う方です」

すると……先生は目を丸くしてこう呟いた。

「そ、そうだったのか……。よもやこのポーションにそんな秘密があったとはな。これは魔法薬学界に革新をもたらす大発見だぞ……！」

……そんなにか？

いくら実用性が出たとしても、所詮は四肢欠損が治せるわけでもない軽傷用ポーションだし、代替品もあるならそこまで界隈《かいわい》を揺るがすことはないと思うのだが。

「ちなみにそっちが酔う方と言ったな？　本当にそっちで酔うのか見てみたいから、試しに飲ませてやってくれ」

「……いいですけど」

ラットに残りのポーションを飲ませると、俺のラットも酔っぱらって暴れ始めた。

「なるほど、確かに分離の成果のようだな……」

そりゃそうだ。

別に回復魔法で横着したりはしてないぞ。

しばらく興味深げにラットの様子を見守る先生。

しかし先生は、突如ハッとしたようにこんなことを聞いてきた。

「君……一つ聞きたいんだが、この有効成分の分離って魔道具で機械化できたりしないか？」

……急にどうしたんだろう。

別に分子分別魔法は、魔道具で行うことも不可能ではないが……。

「できますけど、どうしてですか？」

「このポーションの材料である、アール草なんだが……実は市販の外傷治癒ポーションの原料より圧倒的に廉価で手に入るんだ。アール草で薬が作れるなら、ポーションの価格は一気に引き下げることができる。もしその手の産業用魔道具が作れそうなら、知り合いの製薬会社の社長に紹介しようと思うんだが、どうだ？」

……なるほど、そんな利点があるのか。

確かにそれなら、「魔法薬学界に革新をもたらす」というのも大袈裟《おおげさ》な話ではないな。

製薬会社とのコネは、就活でも役に立つかもしれない。

「作りますんで、ぜひお願いします」

俺は分子分別魔道具を作成することにした。

一限の魔法薬学の授業が終わると、俺は二限の授業に向けて教室移動を始めた。

二限の授業は……奇《く》しくも魔道具作成演習だ。

まあそうは言っても、授業は授業で作る内容が決まってるだろうから、授業中に完成させるとはいかないだろうがな。

そんなことより、今日の授業は二限で終わり——すなわち午後休なのが嬉しいポイントだ。

……一限があったことを考えればプラマイゼロか。

などとどうでもいいことを考えつつ、教室に入る。

すると……いきなり俺は、先生に話しかけられた。

「ああ、君は試験で重力操作装置を作った例の受験生じゃないか」

どうやら担当教員は、あのときの試験官のようだ。

「君には私から教えられることなど何もない。普通に授業受けても退屈だろうし、何やってても単位あげるから、教室で自由にしていてくれ。必要な材料があれば何でも貸し出そう……私に用意できる範疇《はんちゅう》のものであればね」

かと思うと、またもやこの時点で単位をもらえることが確定する科目が出てしまった。

……なんかそういう教科多くないか？

しかし、授業の時間を自由に使えること自体はありがたい。

この時間を使って分子分別魔道具を作れるからな。

「ありがとうございます」

授業とは関係ない作業をしてみんなの邪魔にならないよう、最後列の席を取る。

授業が始まると、俺はその時間で分子分別魔道具を完成させた。

◇

二限が終わると……早速俺は魔道具の完成を伝えに、魔法薬学の先生のもとに赴いた。

伝えると、先生は「もうできたのか」と結構驚いた。

そして、「知り合いの製薬会社の社長のアポが取れたらまた連絡する」とも言われた。

それから二日後。

無事アポが取れて社長が学園を訪れたらしく、俺は学校の応接室を借りて社長と会うことになった。

「はじめまして。私はプルート製薬の社長、ロバート＝ジェイソンだ」

まず社長は、自社について資料を見せながら軽く説明してくれた。

内容はざっくり言うと、プルート製薬は全世界のポーション販売の60％を担う、業界のリーディングカンパニーとのことだった。

続いてロバート社長は、従来のポーションをアール草を用いたものに置き換えた場合の経済効果についての試算を見せてくれた。

社長曰く、原価も人件費も従来のポーションの約三分の一になるらしい。

それだけ人件費が下がるのは、調薬プロセスが簡単であることに起因するとのことだ。

「……というわけで、ポーションの末端価格は従来の三分の二とし、分子分別魔道具に関しては、君に特許料として売上の五割を未来永劫《えいごう》渡す約束にしようと思っている。いかがかな？」

最終的に社長は、そんな条件を提示してきた。

……なるほど。魔道具を売って終わりではなく、権利収入が得られる形となるのか。

そういえばお母さんも、人間社会での一番の勝ち組は資産家だと言っていたな。

権利収入があると働かなくてよくなるので、最も快適に人生を過ごせると。

とはいえ、そんな生き方ができているのは世界人口の１％にも満たないともお母さんから言われた。

流石にハードルが高すぎるので、次点でマシだと言われているホワイト企業勤務をまずは目指そうと思っていたのだが……早くも千里のうち一歩くらいは、資産家に近づけることになるとはな。

「ありがとうございます。ではその条件で」

俺はその条件を呑《の》むことにした。

「じゃあ早速、君が作った魔道具を見せてくれないか？」

社長がそう促したので……次は俺が説明するターンだ。

「こちらになります」

俺は収納魔法で魔道具を取り出した。

「上の投入口から投入された薬液は、この部分で分離にかけられ、下の二つのタンクに貯蔵されます。『癒』と刻印された方が治癒ポーション、『酔』と刻印された方に副作用の物質が貯蔵される形となっています。それぞれのタンクは内部が亜空間となっていて、最大四百万リットルが貯蔵できるようになっています。分離効率は、最大稼働時で二十万リットル毎時です」

そして、そんな感じで簡単に魔道具のスペックを説明した。

「これ一台で二十万リットル毎時の稼働力だと……⁉」

スペックを聞き、ロバート社長は目を丸くする。

「いったいどんな質の魔石を使えばそこまでのスペックが生み出せるんだ」

「一応こちらはグリフォンの魔石をコアにしました」

「ぐ、グリフォンだと⁉　そんなとんでもない代物が使われてるのか……」

もちろんそのグリフォンは、魔法戦闘の授業のときに撃ち落とした奴だ。

たまたま低高度を飛んでいてくれたおかげで良い魔石を材料に使えて助かった。

「そんなにもスペックが高いとなると……これ一台で、弊社のシェアを賄《まかな》える勢いに達するな。本当は試運転してみてうまく行きそうなら、後で同一の魔道具を大量生産してもらおうかと思っていたが。魔道具の追加生産は……もし『アール草ポーションのおかげでシェアが拡大できて供給が追いつかない』事態になったとき、追って注文するとしよう」

などと社長は言いながら、懐から契約書を取り出した。

この魔道具、無事買い取ってもらえることになったみたいだな。

「これにサインしてくれれば、契約締結としよう」

俺は契約書の内容をよく読み、当初の説明と相違ないのを確認すると、署名欄にサインをした。

契約が終わると、社長は自前のマジックバッグに魔道具を収納し、学園を後にした。

どれくらいの収入になるのかは未知数だが……少しは人生がいい方向に行った気はするな。

◇

プルート製薬の社長と商談をした翌日。

学園が休みということもあり……俺は教会でのワンデイインターンに行ってみることにした。

一応、ある程度の権利収入が得られることは昨日確定したわけだが……それをアテにして一生勝ち逃げできるレベルのものかは、まだ未知数だしな。

それに仮に一生遊んで暮らせる額が手に入るとしても、そういう人だって全く働いていないというのは少数派。

大抵は「自分の好きなこと」を仕事にしているパターンが多いって、確かお母さんが言っていた。

今は特にやりたいことなんて決まっていないが、だからこそとりあえず何でもやってみることが、情熱を注げるものが見つかるきっかけになるかもしれない。

そんなわけで、せっかく日程の合うインターンもあるということで、参加してみることに決めたのだ。

応募したのは昨日だが、短期のインターンということもあってか、ゼルギウス王立魔法学園生は面接なしで即採用してもらえた。

教会に着くと、すでにインターン生と思われる同い年くらいの子がたくさん集まっていた。

程なくして係員がやってきて、今日のインターンの内容を説明する。

「今回のインターンでは、用意している二種類のコースのうち、片方の職務を体験してもらう。一方はポーションの発注管理をはじめとする諸作業を行う『事務コース』、もう一方は軽傷者の治癒を実際に行ってもらう『実務コース』だ」

係員はそこまで言うと、赤と緑、二種類の三角コーンを置いた。

「とは言ったが、『実務コース』に参加できるのは現時点で治癒魔法を習得している者だけだ。……では『事務コース』に参加したい人は緑の、『実務コース』に参加したい人は赤のコーンの前に並んでくれ」

その指示により……俺含めインターン生たちは、それぞれ体験したいコースに分かれることとなった。

俺は赤の『実務コース』の方に並んだ。

人数比としては……俺ともう一人の女の子以外は『事務コース』に行くようだ。

今回は治癒魔法の習得者が少なかったんだろうか。

にしても……『実務コース』に来た女の子、どこかで見覚えがある気がするんだよな。

どこだったっけ。

などと思っていると……彼女の方から話しかけてきた。

「あなた、特待生のハダル君よね？」

特待生の……？

ああ、クラスメイトか。

なるほど、確かにそれなら見覚えがあるわけだ。

話したことは一度もないが、自己紹介のときに見た顔が薄《う》っすらと記憶にでも残っていたのだろう。

「『事務コース』に行くんじゃないの？　なんか魔法薬学の授業のときすごいポーションを作ってたみたいだし、てっきりそっちかと……」

「ポーション作りは事務作業じゃないよね……」

「あっそっかぁ……」

確かに、採用職種が「事務系総合職」とかだったら、配属次第ではそういう仕事が任されるケースもあるのかもしれないが。

事務職は、給料が抑えられているわりに「なんか楽そう」という偏見から求職者数が上がりがちな傾向にあるからな。

ブラック企業なんかでは、事務職っぽい名前の職種で募集をかけて低賃金で効率よく人員をかさ増しする、いわゆる「事務職イリュージョン」なんて技が使われたりするんだそうだ。

でも教会がブラックだなんて聞いたことはないし、おそらく今回のはそういうんじゃなくて、『事務コース』は単純に一般事務をやるんだよな……。

なんか若干抜けたとこのある子だなあ、などと思っていると、係員から次の指示が出た。

「では『実務コース』の君たちは、診療スペースに来るように。私が案内するからついてきなさい」

そんな指示により、俺たちは診療スペースに移動し、治癒作業を開始することとなった。

◇

今回体験させてもらえる治癒作業は、教会に来た軽めの風邪や軽傷を負った者を魔法で治療するというものだった。

教会に来る病人や怪我人は、その症状の重さに準じてカテゴリーⅠからカテゴリーⅤに分類されているのだが……ワンデイインターンでは、その中で最も軽い分類に入るカテゴリーⅠの患者しか担当させないという方針になっているかららしい。

しかし、使っていい治癒魔法に特に制限はなかったので、俺は全ての患者にパーフェクトヒールをかけていった。

理由は一つ。症状に合わせて魔法を変えるのがめんどくさいからだ。

症状の度合いは軽いとは言っても、その種類は頭痛、腹痛、微熱、咳《せき》、擦り傷、捻挫などなど多岐にわたる。

それら一つ一つに、症状をヒアリングしてピンポイントで効く魔法を選定したりなどしていたら回転率が落ちてしまう。

そこで、ある程度までの病状に対してはほぼ万能に効くパーフェクトヒールを、とりあえずまずはかけてみる方針にしているのである。

まあ、あらかじめ軽症者だけが分別されているからこそできる荒業だな。

治療もれがあってはいけないので、一応魔法をかけた後には症状が治まったか聞くようにはしているのだが……今のところ、治せてない人はいない状況だ。

というか逆に、こんな人もいるくらいだ。

「ありがとうねえ。なんだか膝の怪我だけじゃなくて、視力まで良くなっちゃったわねえ」

さきほどパーフェクトヒールをかけたおばあさんは、そんなことを言って去っていった。

図らずも、治療しに来た症状以外にあった何らかの基礎疾患をも治してしまったようだ。

二時間ほど治療を続けていると……係員の指示で、小休憩に入ることになった。

そのタイミングで、隣で治癒作業を続けていたクラスメイトの女の子が話しかけてくる。

「ねえ、さっきあなたが担当した患者さんから聞き捨てならない台詞《せりふ》が聞こえてきたんだけど。

『視力まで良くなっちゃった』って……いったい何の魔法を使っているの？」

「パーフェクトヒールだけど」

「ぱ、パーフェクトヒール⁉」

魔法名を口にすると、なぜかクラスメイトの子は目を丸くした。

「……そんな驚く？　もしかして、パーフェクトヒール使ったら何かまずいことがあるのかな……」

「いや、そんなことはないはずだけど……。なんでその歳で普通にパーフェクトヒールが使えるのかは一旦『特待生だから』で納得しとくとして、流石に疲れない？　カテゴリーⅠの患者に対してそんな上位魔法を連発してたら、魔力がもったいないというか……」

「別に平気だけどなあ……」

パーフェクトヒール、そんなに魔力消費激しくはないんだけどな……。

具体的にはさっきのペースで使ってて自然回復量と均衡するくらいなので、正直俺の魔力は未《いま》だに満タンなのだ。

「……ごめん、私が常識で判断しようとしてたのが間違ってたわ。この歳でパーフェクトヒールを使えるような人なら、魔力量も常軌を逸してると考えた方が妥当よねそりゃ……」

……勝手に変な納得の仕方をしないでほしいものだ。

それはともかく、あと休憩の残り時間は二分ほどになってしまったな。

業務再開前に、一応水分補給はしておくか。

そう思い、俺は収納魔法で水筒を取り出そうとした。

――が、そのときだった。

「うっ……」

突如として呻《うめ》き声が聞こえたので、隣に視線を向けると……クラスメイトの子が、頭を抱えたまま椅子から転げ落ちてしまっていた。

……どうした⁉　慣れない場で体調でも崩したか？

「お、おい、大丈夫か⁉」

「しっかり！」

俺が動きだそうとするより前に……飛ぶような勢いで正規雇用の治癒師たちがやってきて、彼女を囲んだ。

「ハイ・ヒール！」

「パソコンストリクション！」

立て続けに様々な治癒魔法をかける治癒師たち。

だが……クラスメイトの子の容態は、一向に回復の兆しを見せない。

そんな中……彼女は涙目ながら俺の方を向き、微《かす》かな声でこう呟いた。

「ハダル君……鎮静……魔法……願い……」

正規の治癒師の前で出しゃばるのもいかがなものかという気もするが、そんな目で訴えられては四の五の言ってられない。

ワンチャン、お母さんが独自に編み出した魔法のような、治癒師たちが知らない魔法がジャストミートで効かないとも限らないし。

何が効くか分からないが、とりあえずいろいろ試してみよう。


まずはパーフェクトヒールをかけてみる。

すると症状は緩和し、クラスメイトの子は悶絶《もんぜつ》するのをやめた。

「ふぅ……あ、ありが──」

しかし、彼女が立ち上がってお礼をしようとしたときのこと。

「あっ……！」

パーフェクトヒールの効果時間終了と共に、再び彼女は苦しみだした。

パーフェクトヒール、効かなかったか。

かけている間は痛みが収まっていたようなので、全く意味がなかったわけではないようだが……

それはあくまで応急処置的な効き目に過ぎず、根治まではできなかったみたいだな。

となると、選択肢に入るのは二つ。

より上位の治癒魔法をかけるか、あるいはパーフェクトヒールのような汎用魔法ではなく症状に特化した魔法を使うかのどちらかだ。

パーフェクトヒールを持続的にかけるというのもこの場を凌《しの》ぐにはアリだが、それじゃあ根本的な解決にはならないしな。

できればまずは症状だけでなく原因から解決できる方法を、試してみるべきだろう。

彼女はしきりに頭を押さえている。

症状は、強烈な頭痛といったところか。

しかし……パーフェクトヒールが効かない頭痛って、いったい何があるだろうか。

強烈な頭痛の代表例といえば脳出血とか脳梗塞の初期症状だが、そういった類ならパーフェクトヒールで治るはずなんだよな。

何かヒントはないだろうか。

そこまで考えたところで……俺は彼女の発言から、一つの可能性に思い至った。

群発頭痛だ。

群発頭痛は脳神経の異常に起因する頭痛であり、その痛みは別名「自殺頭痛」と言われるほどに強力なもの。

そして神経系の微細な異常というのは、「パーフェクトヒール」が効かない代表例の一つだ。

根治にはその上位魔法が必要だが、そこまではしなくとも、鎮静ポーションや鎮静剤でも対症療法にはなる。

それゆえさっき、「鎮静魔法をお願い」などと言ったのだろう。

だが……根治ができるのに、対症療法で済ますのも変な話だ。

パーフェクトヒールでは効かないが、その上位魔法でなら治せるのだから、それをかければいいだろう。

俺はアブソリュートヒールという魔法を発動した。

すると……今度こそ、彼女の頭痛は完全に治まった。

「た、助かった……」

頭痛から解放され、彼女はほっと一息つく。

「最近は症状が稀《まれ》にしか出なくなってたから……鎮静剤を持ち歩くのを忘れちゃってた……」

なるほど。

言われてみれば、確かになんでそんな持病があるのに対処法を持ち合わせていなかったのかは不思議な点だったが、それなら仕方ないな。

群発頭痛は具体的な原因が不明で、突然起こるようになったり突然起こらなくなったりするものだし。

「とにかくありがとう。あなたは命の恩人だわ」

「いやいやそこまでじゃ……」

自殺頭痛って別名はあるものの、実際はせいぜい気絶するまでだしな。

倒れた瞬間の打ちどころが悪くて大量出血……みたいな二次被害でもない限り、死までいくのは稀だろう。

「ところで……二回ほど魔法を試してくれたみたいだったけど。一回目はパーフェクトヒールとして、二回目のは何だったの？」

「アブソリュートヒールだよ」

「「「……え⁉」」」

そして魔法名を答えると……クラスメイトの子だけでなく、周囲にいた治癒師までもが声をシンクロさせて驚いた。

「あ、アブソリュートヒールだと……⁉」

「確かにあれならたいてい何でも根本から治療できるだろうが……あれって聖女様が一時間術式構築に時間をかけて、三分の一の確率で発動成功するような魔法だったはずじゃ……」

「そ、そんな魔法使ってもらっちゃったの、私⁉　なんかごめん、鎮静魔法で十分だったのに負担かけちゃって……」

啞然《あぜん》とする治癒師たちとは対照的に、申し訳なさそうに何度もペコペコと頭を下げるクラスメイトの子。

……いや確かに、パーフェクトヒールと比べれば多少は魔力食ったけど。

そんなに畏れ多く思われるほど大変な術式かっていうと、そんなわけでもなかったぞ……。

群発頭痛を治癒してからは、これといった事件もなく、無事に業務時間が終了した。

業務時間終了後は、全員一ヵ所に集められ、今日の仕事の報酬が渡されることに。

まずは『事務コース』の人たちから報酬が渡されて……彼らは先に解散となり、残るは俺とクラスメイトの子のみとなった。

クラスメイトの子の報酬が渡され、俺の番に。

「そして……ハダル君だな。君の報酬についてだが……一つ提案がある」

係員は俺の報酬を手渡す前に……そんな前置きを口にした。

彼はこう続ける。

「君、国家治癒師免許試験を受けないか？」

……なんでそうなる。

疑問に思っていると、係員が理由を説明した。

「今回の君の働きだが……明らかに、通常のインターン生のそれを超えていた。はっきり言って、正規の治癒師すら凌駕《りょうが》するくらいだ。だが……国の規定上、カテゴリーⅢを超える高度な治癒行為の対価を受け取っていいのは、治癒師免許を持っている者のみと定められている。よって、今のままでは通常のインターン生以上の報酬を支払うことができない」

……だからいっそのこと治癒師免許を取ろうってか。

逆転の発想は嫌いではないが、なかなか無茶を言うな。

「なんでも君……ゼルギウス王立魔法学園の筆記試験、満点だったようだね。一応は、優秀な生徒でも一割は浪人するテストなんだが……君なら一夜漬けでも可能性はあるんじゃないか？」

しかも試験明日かよ⁉

「私もそう思います！」

驚いていると……なぜかクラスメイトの子が、目をキラキラ輝かせながら賛同した。

そういえば、なんで係員が俺の入試成績を知ってるのかと思ったら……この子が話してたのか。

二回目の休憩のとき、何やら話が盛り上がってるみたいだなーとは思っていたが。

「ま、落ちても来年受け直せば、受かったタイミングで上乗せ分の報酬は支払う。……これが教科書と過去問だ。一応試してみないか？」

まあそこまで言うなら、ダメもとで受けてみるか。

俺は貰った二冊を手に宿に戻り、それぞれ通しで読んだ。

◇

次の日。

結論から言うと……治癒師試験は楽勝だった。

理由は一つ。

難しい試験とはいっても、その難しさの方向性が「問題は基礎的だが覚える量がとにかく膨大」というものだったからだ。

難しい試験といっても、「合格者平均点が百点満点中五十点」みたいなのもあれば、「きちんと勉強すれば誰でも解けるようになるが合格最低点は百点満点中九十五点」みたいなのだってある。

そして今回俺が受けたのは、後者の意味での〝難しい試験〟だ。

が……そういった類のものは、正直ある程度魔法が使えれば何とかなる。

二十四時間以内に目を通した本の内容とかなら、問題文を読んでパッと出てこなかったとしても、収束度を上げたパーフェクトヒールを海馬にかければだいたい思い出すからだ。

ちなみに試験の規約でパーフェクトヒールの使用は禁止されていなかったのでこれは不正ではない。

結果、所要時間の半分くらいで全問解き切ることができた。

正答率が重要なテストなので、見直しも何度もしたが……一ヵ所として、ミスは見つからなかった。

採点は後日らしいので、俺は試験終了と共に帰宅しようとした。

が……そのとき、昨日の係員が俺を見つけ、声をかけてきた。

「ハダル君、ちょっと今時間大丈夫かな？」

「……なんでしょう」

「実は今日、聖女様が定期行脚でウチの教会に来ているんだが……君のことを話すと、ぜひ会ってみたいというのだ」

えっと、聖女……あ、アブソリュートヒールの発動に一時間かかる人か。

何の話だろう。

「大丈夫ですよ」

特に予定もないので、俺は了承することにした。

「じゃあ、こっちに来てくれ」

係員の指示のもと、俺は別室に案内された。

◇

係員に案内された部屋では、おそらく十八歳くらいに見える凛《りん》とした感じの少女がそこで待っていた。

「はじめまして。私がこの国で聖女を務めています、エリザベス＝ロマイシンです」

早速彼女は、そう言って自己紹介する。

「あなたが突発的な発作を起こした同僚にアブソリュートヒールを処方したハダルさんですね？」

「あ……はい」

「お待ちしておりました」

聖女のエリザベスさんはそう言いつつ、俺にソファーに座るよう促した。

座ると……早速本題に入ることとなった。

「単刀直入に言います。ハダルさん……私にアブソリュートヒールの高速発動法を教えてください！」

聖女の願いは……魔法のコンサルティングだったようだ。

他人に魔法を教えるなんてやったことないから、どうすれば効率的かイマイチよく分からないが……まあできることをやってみよう。

「わ、分かりました。じゃあとりあえず……まずは一回俺がアブソリュートヒールを放つんで、それを見て真似《まね》してみてください」

とりあえず、お互いにお互いの発動方法を観察することで何か見えてくるのではと思い、そう提案する。

そして昨日やったように、アブソリュートヒールを発動して見せた。

「凄くスムーズですね……。これでも私、国内最高の治癒師と自負しておりましたのに……まさかこんなにも上がいらっしゃるとは」

「……とりあえずエリザベスさんもやってみてください」

本来の目的を忘れて俺の魔法に見入りかけているエリザベスさんに、やることを思い出してもらうべくそう促す。

彼女がアブソリュートヒールを発動しようとすると……その問題点は、一発で分かった。

魔法陣の動力充塡部分の構築が、異様に遅いのだ。

魔法陣には、起こしたい魔法現象をコントロールするための術式制御部分と、魔法発動のためのエネルギー、すなわち魔力を注入するための動力充塡部分が存在する。

そのうち、術式制御部分は比較的パパッと完成するのだが……動力充塡部分に入った途端、構築速度が百分の一くらいまで落ちるのだ。

すなわち、魔法陣に必要な魔力を補充するのに時間がかかっているのが、魔法発動の遅さのネックとなっているということだ。

これが意味するのは……これを解決する方法は、総魔力量を増やす鍛錬を地道にするしかないということだ。

術式制御部分の構築スピードなら、コツを摑《つか》むことである程度の高速化は可能。

だが魔力の充塡速度を上げるには、魔力の出力を上げるより他ない。

そしてその出力は、総魔力量と強い相関があるのだ。

「これは……自身の総魔力量をひたすら高めるしかなさそうですね」

エリザベスさんによる魔法の発動はまだ途中だが、結論は出たので、俺はそう伝えた。

「ああー、そ、そうなんですか……」

それを聞くと……エリザベスさんは、目に見えて落ち込んでしまった。

一朝一夕でどうにかなるものではないと悟ったからだろう。

「それは……だいぶ先になりそうですね」

彼女はそう続け、ため息をつく。

「すみません、なんだか無茶な相談をしてしまって……」

それでも彼女は、何も解決していないにもかかわらず、お礼を口にして深々とお辞儀をした。

なんか……でもせっかく呼んでくれたのに、ここで終わらせてしまうのはどうも悔しいな。

何かできることはないものか。

そう考えたとき……ふと俺の脳内に、お母さんが前言っていたあるフレーズがよぎった。

それはお母さんが、就活のための業界研究について教えてくれていたときのことだ。

『コンサル業の本質は、クライアントの〝本当の悩み〟を見つけて解決策を提示すること。クライアントが最初に相談した悩みの裏にある、真の目的に向かわせてあげることだ』

この場合……聖女の〝本当の悩み〟とは一体何か。

高度な魔法の発動に時間がかかる、とかいうのは表面的な悩みにすぎないだろう。

そして本質はおそらく……「より多くの患者を治してあげたい」とか、「より治せる病気や怪我の種類を増やしたい」といったところだろう。

であれば、だ。

「エリザベスさん。つかぬことを聞きますが……アブソリュートヒールで治そうとしているの、たとえばどんな症例でしょうか？」

「それは……魔力性免疫疾患とか、呪詛《じゅそ》臓器不全とか……」

質問すると、エリザベスさんは数多《あまた》の症例を列挙した。

それを聞いて……俺は確信した。

「それ、八割方の症例は別にアブソリュートヒールじゃなくても治せますよね？」

「……へ？」

「たとえば……今おっしゃった物の大半は、収束度を上げたパーフェクトヒールで十分効きます」

そう。今の聖女で連発できる、代替治療法を提案すればいいのだ。

身体《からだ》全体に作用するパーフェクトヒールの効能を一ヵ所に集約すれば、患部には通常のパーフェクトヒールとは比較にならない治癒効果がかかることになる。

つまり、今までアブソリュートヒールでしか治せなかった患者のうち大部分が治せるようになるのだ。

たとえアブソリュートヒールが連発できるようにならずとも……これでエリザベスさんの〝本当の悩み〟の解決には、だいぶ近づくだろう。

「パーフェクトヒールの収束度を上げる……そんなことが可能なんですか？」

「これを見てください」

説明のため、俺はパーフェクトヒールの魔法陣を光魔法でホログラム投影した。

術式の効果範囲制御部分を赤、それ以外の部分を黄色で光らせて、だ。

「この赤色の部分を変形させることで……効果範囲を調整できます。たとえばこうすれば……パーフェクトヒールの効果は、直径五センチ以内に集約されます」

赤色の部分の模様を変化させつつ、俺はそう説明する。

「高密度のパーフェクトヒールには、通常のパーフェクトヒールにはないレベルの治癒効果がありますから。例外もありますが、先ほどおっしゃった症状のうちほとんどは、これで効くことでしょう」

そう言って、俺は説明を締めくくった。

「パーフェクトヒールなら、もっと簡単に発動できますよね？」

「はい！　簡単にとは言えずとも……少なくともアブソリュートヒールに比べれば圧倒的にやりやすいです」

猛烈な勢いでメモを取るエリザベスさんのために、しばらく魔法陣のホログラム投影を続けておく。

よし、なんとか一件落着だな。

三十分ほど魔法陣を表示しっぱなしにしていると……ようやくエリザベスさんは、メモを取り終えたようだ。

「ありがとうございました。不甲斐ない私に代替案まで提案してくださって、本当に助かりました！」

本日二回目の、しかし今回は満面の笑みでお辞儀をした彼女は……机の上に置いてあったベルを鳴らし、係員を呼んだ。

そして、こんな指示を出した。

「予算は国から出しますので、この方に魔法使用料十二億クルルを支払うように。あと、治癒師会の理事のポストも渡すので、その手続きをお願いします」

「しょ、承知いたしました！」

係員はエリザベスさんに深々と頭を下げ、去っていった。

マジか。魔法使用料はともかく理事のポストって。

聖女って意外と裁量権持ってるんだな。

「治癒師会の理事は、世界各国どの国でも少なくとも男爵並みの扱いとなる肩書ですから。ご自由にお役立てください。あ、定例の理事会への出席は特別に任意参加としますので、そこはご安心ください！」

あ、そんなワールドワイドな肩書なのね。さすが教会。

貴族とかめんどくさそうだし、あんま関わりたくないけど、まあひょんなところで役立つかもだし一応ありがたくもらっとくか。

◇

治癒師試験の翌日。

今日の授業は二限からで、科目はダンジョン実習だ。

週明けだが、先週のこの曜日はまだ入学式前だったので、これが最初の授業。

初回ということでまずは軽くダンジョンの説明があって、それから実習に入ることとなった。

「まずは三人ないし四人でパーティーを組んでくれ」

最初に先生から出た指示は……そんな内容だった。

それを聞いて、俺の心に不安がよぎる。

やばい。なんだかんだで、現時点でクラス内に知り合い二人しかいないんだけど。

余っちゃったらどうしよう……。

とりあえず視線を左右に動かしていると、まずはイアンと目が合った。

「一緒に組んでもらえるかい？」

「ありがとう。俺から頼もうと思ってたところだよ」

イアンの方から話しかけてくれて、まず一人目は確保できた。

あと、最低でも一人。

「ところで三人目はどうする？」

「イアンは誰か他の友達とかいないの？」

「それがな……王子という立場からか、なかなかクラスメイトと距離を詰められなくてさ。せめて立場を明かす前に君に話しかけといてよかったって思ってるくらいなんだよ」

イアンの伝手《つて》でどうにかならないかと思ったが、どうやら王子はアテにならないようだ。

となると、俺の方でどうにかするしかないか。

でももう一人の知り合い、ちょっと一緒に仕事をしたくらいのもんで、別に仲が良いわけじゃないしな……。

多分あの子はあの子で、仲の良い女の子とでも一緒に行きたいと思ってる気が。

……と、考えていたのだが。

「なあハダル……あの子、さっきからずっとここに入りたそうにこっちを見ているようなんだが。知ってる子か？」

イアンがそう言って指す先には……こちらを遠慮がちにチラチラと見ている、例のインターン生が。

「ああ、一応インターンで一緒ではあった――」

「それだよ！」

経緯を説明しようとすると、即座にイアンにツッコまれた。

うーん、でも話しかける勇気がな……。

……そうだ。アレでも試してみよう。

「ヤバいあと一人どうしよう……」

俺はそう小声で呟き、風魔法で音波の伝達をコントロールして、インターンの子の耳に聞き取れる最低限の音量でその呟きが聞こえるようにしてみた。

本当に一緒に来たいならこれで反応があるだろうし、こちらの勘違いだった場合は空耳だと結論づけて無反応を貫き通すだろう。

この方法なら、こちらの早合点《はやがてん》であるリスクを最小限に抑えられるって算段だ。

すると……インターンの子は、おずおずと歩いてこちらにやってきた。

「あの……『あと一人どうしよう』って聞こえてきた気がするんですけど……気のせいですかね？」

「あー、つい独り言がデカい声で出てたかな。……気のせいじゃないよ」

「私でよければぜひ！」

作戦は功を奏し、無事俺たちは三人目を集めることができた。

「ハダル……なんでこの程度のことに無駄に高度な魔法を……」

「無駄じゃないよ」

「な、何の話ですか?」

「ううん、こっちの話。ていうか……インターンのときは敬語じゃなかったよね?」

「だって、命の恩人と第一王子の前でため口なんて……」

「「気にしないでくれ」」

そんな会話をしていると、クラス全員のグループ分けが終わったようで、先生から次の指示が飛んできた。

「では、グループの皆で協力して、ダンジョン内を探索してきてくれ。行っていい階層は、十階層までだ。これは『ウチの入試を突破した者の手に負えない敵はまず出てこない階層』という基準で定められたものだが……だからといって油断はせず、くれぐれも安全第一で行動するように」

先生からルールを聞いたところで、早速全員ダンジョンに潜ることとなった。

俺たちも、皆に続いてダンジョンの入り口に向かう。

が……その途中で、俺たちのグループだけ先生に呼び止められてしまった。

何事かと思ったら、こんな追加の指示が。

「魔法戦闘演習の先生から話は聞いている。ハダル、お前は原則手出しをするな。なぜならお前が戦闘に加わると、それだけで全部片付いてしまうからだ。作戦の立案と戦闘指南、及び索敵だけならやっていい」

「え……」

「「はい」」

そんなのありかよ、と思ったが……なぜかイアンとインターンの子からは不服そうな感じが一切見られない。

ただでさえ三人パーティーだというのに。

「ただし、二人の身に危険が生じそうな場合は別だ。成績は命には代えられないからな、そういう場合はもうサクッとやっちゃってくれ。とはいえ……明らかに不注意でハダルの介入が必要になってしまったと判断される場合には、二人の成績を減点することになるがな」

続けて先生は、俺が戦闘に参加していいケースとその場合の成績処理について説明した。

俺は保護者かよ。

「「分かりました」」

だが、またもや二人の表情には、一切不服そうな感じはない。

……まあ、二人が文句ないなら俺がどうこう言うことでもないか。

別に俺も、フル単《たん》で卒業できれば内訳は正味どうでもいいし。

というわけで、先生からの追加指示も終わり、ようやく俺たちも探索に行けることになった。

「とりあえず、役割を決めようか」

ダンジョンの入り口にて……本格的に探索を始める前に、イアンがそう提案する。

「せめて索敵は任せてくれ。でないとただの付添人になっちゃう」

「ハダルはまあそうだな。じゃあえーと……君、名前は？」

「セシリアです！　あっじゃなくて……セシリアよ。私はできれば後衛がいいわ」

「分かった。じゃあ僕は前衛だな」

役割は、そんな感じで決まった。

インターンの子、名前はセシリアって言うのか。

そういえば昨日、全然名前を聞くって発想にならなかったな。

……入学式の自己紹介ちゃんと聞いとけと言われればぐうの音も出ないが。

「あと……一応索敵はハダル君に任せるって話だけど、私も注意はしておくわ。ハダル君の敵を見つける能力には全幅の信頼が置けるけど……『こんなのが私たちの脅威になるなんて思いもしなかった』みたいな事態になりそうだもの」

「そうだな。僕も気をつけておこう」

……おい。なんでそうなる。


さて、問題はどうやって索敵係の仕事をこなすかだな。

索敵自体は、十階層くらいまでなら探知魔法一発で全容が分かるが……大事なのは、得た情報をどうやって分かりやすく共有するかだ。

「右の曲がり角を曲がって十メートル先に魔物が！」みたいにいちいち指示をしてもいいのだが、もっと分かりやすい方法があればそれに越したことはない。

……そうだ。

アレを試してみるか。

「二人とも、ちょっといい？」

そう言って二人を呼び止めると……俺は光魔法を一個発動した。

別にこれは、ダンジョン内を照らそうと思ってのことではない。

俺が発動したのは、光らせ方に一工夫こらした光魔法――ダンジョンマップのホログラム投影だ。

「うわっ、空中に地図が⁉」

「な、なんなのこれ？」

突然地図が現れたことで、目を丸くして驚く二人。

「これは光魔法で空中にマップを投影してるんだ。どういうルートになっていて、どこに敵がいるかとかが全部一発で分かるようにしたよ」

そう言って俺は、ホログラムのマップの仕様について説明を始めた。

「オレンジの三角が、俺たちの現在の位置ね。そして赤、緑、青の丸が、敵の位置。色はそれぞれ敵の強さを表してるよ。緑が階層内の中央値、赤は緑より強いやつら、青は緑より弱いやつらって感じね」

わざわざ敵を強さで色分けしたのは、もちろん脅威度をイアンやセシリア自身が判断できるようにするためだ。

俺の主観的な危険度判断基準は、全く信用されていないようだからな。

「緑が楽勝だったから赤も倒しにいこう」とか「緑でギリギリの戦いだったから青とだけ遭遇するルートを通ろう」とか、そういう判断を二人に任せようってわけだ。

「なるほど、直感的に分かりやすくていいな……」

「こんな便利なものを表示できるなんて、さすがアブソリュートヒールの使い手は格が違うわね……」

二人とも、この情報共有方法には満足してくれたようだ。

セシリアに関しては、若干評価がオーバーではあるが。

「ちなみにこの黄色い星マークはなんだ？」

「あっそれは階段」

「なるほど、じゃあ例えば一階層の赤い敵が楽勝だったら、最短ルートで星に向かえばいいわけか」

「そうそうそんな感じ」

早速このマップを使いこなしてくれているようだ。

この調子なら大丈夫だろうと思い、俺はマップの表示だけに徹して二人についていくことにした。

◇

それからの探索は、非常に順調だった。

赤色の敵を倒しては、雑魚だったので星マークに直行。

それを繰り返しているうちに、二十分と経《た》たず俺たちは十階層まで来られたのだ。

これでもう、今日のところ許可されている階層の中では最深層だ。

「緑色の敵が近いな」

「そうね。とりあえず倒してみましょう」

などと話しつつ、二人は十階層の中央値の強さの敵の元へと向かう。

瞬殺……とはいかなかったものの、二人はそこそこ余力を残しつつその魔物を倒すことができた。

「こんなスピード攻略ができるのも、ハダルさまさまだな」

「戦闘をしないって約束なのに、これじゃ確実にハダル君が一番の功労者よね……」

俺はといえば、敵にエンカウントしても何もできなくて結構もどかしいんだがな。

とはいえ二人の成績を下げるわけにはいかないので、黙って見ているしかない。

「じゃ、赤も行ってみるか」

そう言ってイアンは、現在地から最寄りの赤い敵を目指すことにしたようだ。

暇すぎて欠伸《あくび》すら出てしまう中、マップを辿《たど》る二人についていく。


が――問題は、ここからだった。

赤い敵のいる位置に行くと、そこには全長二メートルほどの全身真っ黒い赤目のトカゲがいたのだが……それを見て、なぜか二人は怯えだしたのだ。

「な、なんてことなの……」

「か、階層主……アビスリザード……！」

どうしたんだろう。

「あんな魔物がいるだと……？　五十年に一度しか出ないっていわれてるのに！」

「こんなの……勝ちようがないわ……」

……あれ。まさかこれ、脅威になる魔物だったのか？

「あれ、これ対峙《たいじ》しちゃいけないやつ？」

「間違いなくそうだ。この魔物は……本来こんな階層なんかにいちゃいけない奴だ……！」

聞いたら、イアンはそう答える。

彼は更にこう続けた。

「この際、僕たちの成績なんてどうでもいい！　死ぬくらいなら単位を落とした方がマシだ、やっつけてくれ！」

その頼みを聞いて……俺は自分の仕事が杜撰《ずさん》だったことを初めて悟った。

しまった。これは完全にやらかしたな。

「ご、ごめん……」

「いやハダルは何も悪くない。こんなのは完全に不可抗力だ」

「そうよ。むしろ今までがそうだったからって、赤だろうと楽勝だと慢心してた私たちがいけなかったわ……」

二人はそうは言うものの、俺だってこの出来事に対し他にできることがなかったかと言われれば、そうとも言い切れない。

緑の基準を、中央値ではなく平均値にしておくべきだったのだ。

そうしておけば、例えばマップ上の赤の比率が極端に少なかったりした場合、赤の中にずば抜けて強い奴がいることを示すことができた。

そういう情報があれば、二人も「この階層の赤は避けよう」などと判断できたかもしれない。

統計では基本平均値より中央値の方が実態をよく現すので、中央値を採用していたが……ダンジョン探索は例外だったか。

これは俺のミスでもある。

というか、張り切って「索敵は俺がやる」なんて言った手前、二人の成績が落ちるのは自分の中で納得がいかない。

なんとか穏便に済ます方法はないか。

防御や妨害も禁じられてるから、罠《わな》や結界を張って逃げるのもアウトなんだよな。

この制約、なかなか厳しいぞ……。

——しかし、そのとき。

「いや、待てよ」

ふと、俺は最高の作戦を思いついた。

この魔物——トカゲ型だから、話が通じるんじゃないか?

魔物と意思疎通を図る魔法の一つに、「竜《りゅう》の恫喝《どうかつ》」というものがある。

魔力を込めて竜語を話すことで、竜やその下位種であるワイバーン、一部のトカゲ型魔物に格の違いを分からせることができるのだ。

この程度のトカゲなら、言葉が通じさえすれば、一言二言で軽くビビらせることができるだろう。

通用するかどうかはトカゲ型の魔物の知能の多寡《たか》にもよるし、そもそも人間がお母さんのやり方を真似て効果があるのかは知らない。

が、試す価値はある。

先生には攻撃も防御もするなと言われたが、話し合いで解決するなとは言われてないからな。

この方法で、成績も安全も両取りするとしよう。

竜語……なんか懐かしいな。

使ってない期間は、せいぜい数十日だというのに。

などと謎にノスタルジーに浸りつつ、声に乗せるための魔力を練り上げる。

そして……ドスを効かせた発声方法で、こう話しかけた。

『おい、聞いているかそこのトカゲ』

「キイイイィィ！」

話しかけると……アビスリザードは、目に見えて怯えだした。

知能は、「リスニングはできるが話すことはできない」くらいのようだな。

縮こまって身体を震わせるアビスリザードに対し、俺はこう続ける。

『一つ、命令だ。この階層を訪れた人間には、絶対に手を出すな。人間を見かけたら即刻逃げ去るように』

もしかしたら、俺たちの他にも十階層に来るパーティーがあるかもしれない。

ただ「俺たちのもとから立ち去れ」というだけでは、その人たちに危険が及ぶ可能性も無《な》きにしも非《あら》ずだろう。

そこで俺は、見かけた人間は誰であっても手を出さないようにという条件を提示することにした。

こうしておけば、クラスメイトがコイツに遭遇してもコイツの方から逃げ去ってくれる。

「キイァァァァ!!」

もちろん俺たちの前からも、アビスリザードは金切り声を上げて逃げていった。

よかった。一件落着だな。

「な……何をやったの？」

逃げゆくアビスリザードを見て、セシリアは不思議そうにそう聞いてくる。

「……なんか独り言呟いてたら逃げていったな。今の遭遇、ノーカンってことでよくないか？」

「いや、明らかにその『独り言』の後から敵の様子がおかしかったよね？　絶対何かやってくれたはずじゃ……」

「いや、独り言はただの独り言」

さっきは冗談ぽく「先生は魔物と話し合いをするなとは言ってない」などと考えてはみたものの……ハッキリ言って、そんなのが屁理屈《へりくつ》なのは自分でも分かっている。

明らかに、今のは話し合いではなく恫喝の類だろう。

そしてそれを先生が「攻撃に参加した」と見做《みな》すかどうかは……正直微妙なところだ。

ならばいっそ、「竜の恫喝」そのものをただの独り言ということにしてしまった方がいいだろう。

竜語はゼルギウス王国ではほとんど知られていないそうなので、誤魔化し通すのは簡単なはずだ。

それこそが、二人の成績を守る道。

そう思い、俺はセシリアの疑問を躱《かわ》した。

「野暮なツッコミはやめようぜ。多分ハダルは、何とかして僕たちの成績を守ろうと考えてくれてるんだ。その思いを、みすみす僕たちが無駄にするのか？」

「そうね。ハダル君なら、独り言を呟くだけで魔物に格の違いを分からせるくらいできそうだし……うんきっとそう」

かなり疑われてはいるが、なんとか納得してもらえたようだ。

よし、任務完了。

「とりあえず……十階層の探索は、この辺にしておくか」

「そうね」

「……マップの緑は平均値にしておくよ。外れ値がいたら分かりやすいようにね」

などと会話しつつ、青にしか遭遇しないルートで九階層へと上る階段に行く。

ちなみに九階層より上では、平均値にしたところで赤と青の比率は半々くらいのままだった。

◇

以降は何事もなく、授業の終わり時間近くまで探索を続け。

俺たちは地上へと帰還し、戦果を先生に報告した。

もちろん、アビスリザード関連のことはナイショだ。

だが先生からは、「ハダルが戦闘に関与してなくて尚、この討伐数だと……？」と若干疑われかけてしまった。

が、どうやらそれは単に戦果が他のパーティーに比べ圧倒的だったからってだけらしい。

イアンに促され、ホログラム投影マップを先生に見せると、「これは便利すぎるだろ……そりゃそんな戦果にもなるよな」と納得してもらえた。

クラスの他のパーティーも続々と帰ってきて、それぞれ先生に報告をした。

全員が帰ってくると、先生が「みんなよくやった。流石Aクラス、優秀だな」と話を締めくくり、授業は終わりとなった。

やっと昼休みだ。飯食うぞ。

などと考えつつ、食堂に向かおうとする。

が……そのとき。

「ハダル君。ちょっと残りなさい」

なぜか俺だけ、先生に呼び止められた。

あれ。なんでだ。

◇

「君、なんかやったよね？」

開口一番……先生はそう尋ねてくる。

「何のことですか」

「十階層まで行ったパーティーが、君たちの他に一組あったんだが……訳の分からない報告があったんだ。『アビスリザードが自分たちを見るなり一目散に逃げていった』とな。アビスリザードは非常に強力で、熟練の冒険者でも手こずるような魔物。それが学園の新入生を見て逃げだすなど、異常行動もいいとこだ」

聞き返してみると、先生はそう口にした。

あちゃー。

そうか。他のパーティーからの報告ってのは盲点だった。

これは完全に詰めが甘かったな。

さあ、どう切り抜ける。

言っても「異常行動＝俺がなんかした」というのは、現段階ではあくまで先生の仮説にすぎない。

もっと有力な説を作ることができれば、どうにかならないこともないだろう。

などと考えていたが……しかし。

先生は今度は、こう続けた。

「イアンたちの成績を気にして本当のことが言えないなら、心配はするな。アビスリザードの出現自体、予期せぬ緊急事態だし……この実習の際にそれが起きてしまったら死人が出ない方が珍しいのだ。隠密《おんみつ》にも非常に長《た》けているので、実習生が探知するなどまず不可能。アレにハダルが手を出していたとしても、減点にはできない」

なんか何もかも杞憂《きゆう》だったようだ。

それなら最初から報告しとけば……というか回りくどい恫喝とかせず、倒しておけばよかった。

「『竜の恫喝』という魔法で脅しました」

「……は？」

「トカゲもある種竜の下位種ですから、魔力を込めて竜語で脅すと言うことを聞くんです。そこで、『この階層の人間には一切手を出すな。人間を見かけたら即刻逃げ去れ』と命令したんです」

「なんだそれは……」

正直に話すと、先生は口をポカンと開けたまま戸惑ってしまった。

「人間が竜語を話せるなど荒唐無稽な話としか思えんが、ハダルとなるとなあ……」

別にそんなの出身地次第だろ。方言みたいなもんだぞ……。

などと思っていると、先生は急に話を変えてきた。

「ところでハダル、三限は授業あるのか？」

三限？　何かあるのだろうか。

「いいえ、次は空きコマです」

よく分からないが、今日は二限と四限にしか授業を入れていないのでそう答える。

ちなみに空きコマができてしまっているのは三限に高年次で取れる授業しかないからなので、時間割作成者には反省してもらいたいところだ。

俺の三限が空きコマだと知ると……先生は至極嬉しそうに、こう頼んできた。

「そうか。なら一つお願いしたいんだが……アビスリザード、倒してきてくれないか？」

「倒して……ですか？」

「ああ。明日Ｂクラスの実習があるんだ。一応あれは十階層の階層主なので『入って良いのは九層まで』とすれば安全なはずだが、それでも念には念を入れて討伐できるならしておきたい。協力してもらえるか？」

どうやら先生は、明日の授業に向けて脅威は排除しておきたい、という考えのようだ。

別にそんなことしなくても、命令により完全に無力化しているから、安全は確保されてるんだがな……。

「見逃してあげるわけにはいかないんでしょうか？」

なんだかんだ言っても、俺からすれば怯えて逃げてったか弱い小動物みたいなもんだ。

せっかく言うことを聞いてくれたのに殺すのはどうも忍びないというか……。

そう思い、俺は先生に質問した。

「無理だな。あれは発生したら真っ先に駆除しなければならない対象だ。仮に無害化されているとしても、放置するという選択肢は存在しない」

だが、それは無理な注文のようだった。

さらに先生は、こう続ける。

「それにハダルがやらないというなら、教員たちで協力して討伐するまでだしな。そしてそうなったら……俺たちの中にあのレベルの魔物を瞬殺できる奴はいないから、アビスリザードは余計に苦しむことになるだろう。それよりはいっそ、もしハダルが瞬殺できるんだとすれば、その方がアビスリザードのためでもあると思うが……どうだ？」

うーん、まあ確かに言われてみれば、アビスリザードの放置は外来種の放し飼いみたいなもんなのだろうか。

そんな扱いだとしたら、流石に無理は押し通せないな。

そして……せめてもの救いは安楽死させてやること、ってなわけか。

「分かりました。ではこの方法で」

そう言って俺は、強力な鎮痛作用を持つオピオイドという物質を錬金し、アビスリザードの体内に転送魔法で直接転送した。

もっとも転送した量は、ＬＤ50（半数致死量）を遥《はる》かに超える量だがな。

アビスリザードはオピオイドの過剰投与により、多幸感に包まれながら呼吸中枢が止まって絶命した。

「こいつです」

更に俺は、アビスリザード自体に転送魔法をかけ、俺たちがいる場所に運び出す。

「な……!?　い、いつの間に……」

「今さっきですよ」

「バカな……傷一つつけずに殺した、だと……?」

アビスリザードの死体を見て、先生は口をあんぐりと開けたまましばらく固まる。

数分後、落ち着きを取り戻した先生はこう言った。

「とにかく、礼を言おう。今回のことは、然《しか》るべきところに報告しておく。ハダルにも何かいいことがあるはずだから期待しておいてくれ」

何だろう。まあ別に大したことはしてないので何でもいいけど。

「いいこと」についてはあまり深く考えず、俺は今度こそ昼食を食べに食堂に向かった。

◇

次の日。

教室に着くと……机の上に、一枚の封筒が置いてあった。

開いてみると、面会したい人が来るので、昼休みに応接室に足を運んでほしいとのこと。

またプルート製薬から何か話があるのだろうか。

たとえば、分子分別魔道具の増産とか。

アビスリザードは一応討伐者の所有物なので、検分とかが済んだら返してくれるらしいし……そういう話だったら、その魔石でも使って作るか。

などと思いつつ、俺は昼休みの時間になるのを待った。

◇

昼休みになり、応接室に足を運んでみると……しかし。

来ていたのは、ロバート社長とは全く別の人物だった。

全く面識のない人だが……いったい何の用だろう。

疑問に思っていると、その人が自己紹介を始めた。

「はじめまして。私はトライダイヤ＝ユナイテッド・フィナンシャル・グループ、通称ＴＵＦＧ銀行の頭取のプレンタインだ」

そう言って彼は、名刺を渡してきた。

「君がハダル君だね？」

「あ、はい」

「この度は……我が息子の命を救ってくれて、本当にありがとう」

更に彼はそう続け、頭を下げた。

……はて。

息子の命を救ったとはいったい。

「すみません、身に覚えがないんですが……」

「そんなはずはないだろう。アビスリザードを無力化してくれたのは君だと、ダンジョン実習の先生から聞いておる」

そこまで聞いて……ようやく俺は何のことか合点がいった。

そうか。確かアビスリザードに遭遇したパーティーがもう一組あったんだったな。

そっちにこの人の息子がいたというわけか。

「ああ、その件ですか。確かにアビスリザードは倒しましたが、別パーティーの人たちまで救った形になってたことまでは頭が回りませんでした」

「なるほど、君にとってはアビスリザード程度、些事《さじ》というわけか。噂には聞いておったが……」

そんな会話をしていると、ダンジョン実習の先生が部屋に入って、机にお茶を置いていった。

それを境に、俺たちは本題について話し合うこととなった。

「で……今回来た理由なんだがな」

プレンタイン頭取はそう言うと、机の上に資料の束を置く。

「我が息子の命を救ってくれたお礼に、特別な金融商品を提案したいと思う」

そして彼は、資料を俺の方に移動させた。

「まずは通常の預金がどういうふうになっているか、読んでみてくれ」

そう促されたので……俺は資料に目を通す。

そこにはざっくりと、こんなことが書かれてあった。

ＴＵＦＧ銀行の事業は簡単に言うと、「資産家から預かったお金を金利15％で貸し出し、得た利益のうち４％を預金者に還元する」というもの。

利ざやが大きめに取られているのは、そこそこリスクの大きい借り手に貸し付けることもあるからだそうだ。

それでも、徳政令のようなやむを得ない事情によって多大な損害を出してしまうこともごく稀にあるそうだが……そういうときは、元金は最低千万クルルまで保証してくれるとのこと。

ちなみに徳政令は前回起きたのが五十二年前、その一個前は四百五十三年前なので、そこまで深く心配しなくてもいいそうだ。

「……一応ざっと目は通しました」

「分かった。では次に、君に提案する金融商品を説明しよう」

読み終わったことを伝えると、頭取はこう説明を始めた。

「通常年利４％で還元のところを、君には年利12％で還元するとしよう。更に……有事の元金保証は、百億クルルまでとする」

頭取が出した条件は……とんでもなく破格なものだった。

マジか。それって例えば八十九億クルル預けとけば、元金を減らさず毎年約十一億クルルをノーリスクで取り崩せるってことだよな。

とても安全資産で得て良い金利じゃないぞ。

しかも、それはあくまで未曾有《みぞう》の事態に備えて元金保証分を超えない額預ける場合の話であって、預けっぱなしにするとしたら複利でもっと増えるのだ。

向こう五十年徳政令が起きないと信じ、全額預けっぱなしにするとしたら、元手を百億クルルとすると二兆八千九百億クルルにまで増えてしまう。

「……本当に良いんですか？　そんな条件で」

「もちろんだ。息子の命の恩人なんだ、これくらいの特別待遇はしないとな。ちなみに他にこんな条件で預金しとる者はおらんよ。こんなのを誰彼構わずやっていたら財政破綻は目に見えておるからな」

流石に異例すぎる気もしたが、頭取はただそう言ってガハハと笑うのみだった。

「とはいってもまあ……学生の身ではまだ、そんな大量の預金はできんだろうがな。弊行が存続する限り、君の預金は永劫この条件で預かるつもりだ。この約束はキッチリ書面にも残しておくから、お金に余裕ができたらいつでも預金しに来てくれ」

頭取はそう言って、契約書を取り出す。

……正直ちょうどいいくらいの現金持ってるんだよなあ。

バンブーインサイド建設から貰った報酬と、聖女から貰った魔法使用料が。

「じゃあ今これを預けます」

俺は収納魔法で百億クルル分の大白金貨を取り出した。

「おお、そうか……って、はぇあ!?」

頭取は大白金貨の山を見るなり……目が点になった。

「こ……こここここのお金はいったい……？」

「インターンの報酬です」

「いったいどんなインターンをしたら報酬がこんなことになるというのだ……」

てな感じで、預金が完了した。

行き場のないお金の使い道ができてよかったな。

side：スーゼネ一家の団欒《だんらん》

ハダルがＴＵＦＧ銀行に預金をしたのと、同じ日の晩のこと。

バンブーインサイド建設の社長一家・ベールバレー家の食卓では、こんな会話が繰り広げられていた。

「どうだ？　学校にはそろそろ慣れたか？」

「うーん、慣れたような慣れてないような……って感じね」

父ライトの問いに、娘ジャスミンはそう答える。

「何とも歯切れの悪い答えだな……」

「学校自体にはとうに慣れたけど、同級生にとんでもない超人がいて驚かされてばかりなのよ」

「……ほう。それはどんな人なのだ？」

「特待生の子なんだけど、とにかくあらゆる面で万能すぎるのよね。何でもないかのようにグリフォンを魔法で撃ち落としたり、魔法薬学の授業中に新薬を開発しちゃったり……」

「魔法薬学の授業中に新薬だと⁉」

ライトは娘が語る同級生の逸話に興味津々で食いついた。

その目は既に父親のものではなく、経営者の目つきになっている。

「奇遇だな……。というのも、私は一昨日、プルート製薬の社長と食事に行ったんだが。彼が『ゼルギウス王立魔法学園の一年生から新薬開発魔道具の特許を買った』などと言っておったのだ」

「新薬開発の魔道具……ああ確かにあの子、成分の分離を自動化する魔道具の開発を頼まれてたわね」

「おそらく同一人物だろうな。その子、他に何か凄いことをやっていたりはしないのか？」

もはやライトの興味は、完全に娘の学校での調子から万能特待生へと移ってしまっている。

今のところ、建設業と深く関連のある能力は出てきていないが、かなり多才なようだから、聞けばそんな能力も出てくるかもしれない。

ライトの期待はどんどん高まっていっていた。

が――ジャスミンの次の一言で、ライトはその特待生がよく知っている人物だと気づくことになる。

「他には……いろいろありすぎて全部は思い出せないけど、そうだ。錬金術の授業でなぜか逆に先生に教えてたわね。オリハルコンの作り方を」

食事中だというのに、思わずライトは椅子から立ち上がってしまった。

「オリハルコンの作り方だと⁉」

「……もう、どうしたのよ急に」

「ジャスミンよ。その子ってもしかして……黒髪で、名前をハダルと言ったりしないか？」

「そうね。……何で知ってるの？」

ジャスミンは不思議そうに聞き返すが、もちろんライトが彼を知らないはずがない。

「実は一回、彼はウチにインターンに来たことがあるんだ。そして大量にミスリル――オリハルコン合金とオリハルコン―アダマンタイト合金を納品していった。あの子は間違いなくうちに協力し続けてくれる限り強力な収益の柱となる存在だ……！」

「そ、そうだったのね……」

熱く語る父の言葉を聞きながら、ジャスミンは若干モヤモヤしていた。

なんでそんなレベルでウチと関わりがあるのに、一回も話しかけてくれなかったんだろう。

私もダンベルをもらうために筋トレでも始めるべきだろうか。

……いや、やめとこう。あれは脳筋王子だから成せる技であって、私なんかがアダマンタイト製ダンベルなんか貰っても腰をヤるのがオチだ。

「そうか……あの子、錬金術だけでなく魔法戦闘までも天才なのか……」

椅子に座りつつ、ライトは食器を手から離したまま深く考え込み始める。

しばらくして……彼はあることに思い至り、唐突に手をポンと叩《たた》いた。

「……そうだ！」

「今度は何なのよ」

「あの計画ももしかしたら、あの子の力を借りられたら頓挫《とんざ》せずに済むかもしれない……！」

実は……バンブーインサイド建設には、魔物の猛攻により安全が確保できず、中止せざるを得なくなった国家事業が一つ存在する。

予算こそ潤沢にあるものの、安全管理のための人材が物理的に足りず、頓挫しかけてしまっているその計画。
ライトの中で……ハダルは、その再始動の希望として映っていた。

第４章　トカゲの養子、大規模事業の業務委託を受ける

ダンジョン実習があった日から三日後のこと。

二限が終わり、昼休みに入ったとき……ふと俺は声をかけられた。

「ハダル君。ちょっといいかしら？」

声の方を向くと、そこにはバンブーインサイド建設の社長の娘が。

えと……ジャスミンさんだったっけ。

自己紹介のときイアンが言及してたおかげでギリギリ思い出せた。

「何？」

「ちょっと話があるから、一緒に食堂まで来てくれないかしら？　バンブーインサイド建設の事業のことで、お父さんから相談を預かってるの」

何かと思えば、仕事の話のようだった。

なんでわざわざ娘越しにと思わなくもないが……まあ社長も多分多忙だろうしな。

娘が同じクラスにいるとあっちゃ、こういう手も使わなくはないか。

「そういうことならぜひ」

というわけで、俺はジャスミンと一緒に食堂に向かった。

◇

注文を終えて席に着くと……早速俺は、本題について聞くことにした。

「それで……どんな相談を預かってるんだ？」

「アシュガーノ半島の要塞建設事業における安全管理業務の全面委託よ」

質問に答えつつ……ジャスミンは一枚の地図を取り出す。

「まず、アシュガーノ半島について簡単に説明するわね。アシュガーノ半島はね、ゼルギウス王国の最西端に位置する半島で、王国の土地で最もインフェルノ大陸との距離が近い場所なのよ」

地図の中心にある大陸の、西側の出っ張った地形を指しつつ、彼女はそう続けた。

どれどれ……確かに、アシュガーノ半島から海を隔ててすぐ向こうに「インフェルノ大陸」と書かれた地形があるな。

縮尺を見る限り……両者の距離は、五十キロくらいといったところか。

そんな場所に、要塞を建設……ってことは、ゼルギウス王国がインフェルノ大陸にある国に狙われてたりするのだろうか？

「インフェルノ大陸側と戦争になりそうな感じなのか？」

まずは状況を確かめるべく、そんな質問をする。

するとジャスミンは、キョトンとした表情でこう返した。

「え……？　インフェルノ大陸に国なんかないけど……」

……？

じゃあなんで要塞を建設する必要があるんだ。

「誰も侵攻してこないのに要塞を建てるのか？」

「そういうわけじゃないわ。人間の敵はいないけど……アシュガーノ半島は、たびたびインフェルノ大陸由来の魔物の侵攻を受けているのよ」

どうやら戦いこそあるものの、その相手は人間ではないという話のようだった。

「なんであんなにも全知全能なのに、インフェルノ大陸は知らないのよ……」

「現代の地理にはあんま詳しくないからな……」

そもそも全知全能ではないが。

というか、お母さんが持ってる文献ってだいたい古代のものだから、現代の知識といえば入試関連か治癒師試験関連のくらいしかないんだよな……。

などと思っていると、彼女はインフェルノ大陸について詳しい説明を始めた。

「インフェルノ大陸は、災害級の魔物が年中大量発生していることで知られている、世界で一番危険な地よ。インフェルノ大陸に向けて出航した人で、生還した人はゼロ。別名『人間が行ってはいけない大陸』とまで言われてるわ」

「なるほど」

「そして問題になるのは……インフェルノ大陸とアシュガーノ半島の距離よ。これだけ距離が近いと、インフェルノ大陸の魔物のうち海を渡ったり空を飛んだりできる魔物は、アシュガーノ半島に来ちゃうことがあるの。それで、アシュガーノ半島の近辺に住む人の生活が脅かされていることが問題になってるの」

「へぇ……」

「インフェルノ大陸から魔物が来るだけならまだいいんだけど、アシュガーノ半島に棲《す》みついて災害級の魔物が繁殖しだしたら王国全体が危なくなるからね。このことは国レベルで問題視されてるの。それで、国が防衛費を出して要塞建設を進めることになったんだけど……その施工に、業界のリーディングカンパニーであるバンブーインサイド建設が名乗り出たってわけ」

ジャスミンの説明で……事の背景はだいたい理解できた。

確かに、ゼルギウス王国がそんなヤバい魔物たちの住処《すみか》になっちゃうのはヤだな。

などと思っていると……ジャスミンは深刻そうな表情で、更にこう続ける。

「でもここで一つ、問題があるの」

「……どんな？」

「この岬、たびたびインフェルノ大陸産の魔物の襲撃に遭うから……建設現場の従業員の安全が確保できないってことで、なかなか着工できずにいるのよ」

そりゃまた鶏が先か卵が先かみたいな話だな……。

「もちろん、国から潤沢な予算が下りてるから、腕の立つ冒険者を雇ったり騎士団に業務委託したりはできるんだけど……そもそもインフェルノ大陸の魔物に対処できる人材となると絶対数が少なくてね。そっちの意味で、人手の確保も難しいのよ」

全貌を語り終えると、ジャスミンは一口紅茶をすすった。

行きつく問題点は人手不足だったか。

……って、待てよ。

そういえばジャスミン、最初に俺への依頼内容を「安全管理業務の〝全面〟委託」って言わなかったか⁉

もしかして……。

「まさか社長、建設の邪魔になる魔物の処理を全部俺に任せようと？」

「まさかって言うほど意外じゃないでしょ。どう考えても一番の適任者じゃない」

そのまさかだった。

「ハダル君が業務委託を受けるなら、国から下りた潤沢な安全管理の予算を、一人でほぼまるまる貰《もら》えることになるのよ。悪い話じゃないと思うけど？」

「うーん……」

流石《さすが》にこれにはなんて答えるか迷ってしまった。

どんな依頼だったとしても、ガクチカ作りのために引き受けようと思ってはいたんだがな……。

いくらなんでも、これは無理難題でしかない。

災害級の魔物というからにはきっと、お母さんが十人いても手も足も出ないような魔物がうようよいるはずだ。

お母さんが理論だけ作ってお蔵入りさせてた魔法の中には、そういう魔物でも倒せるものもあるかもしれないが。

あの中で特にハイクラスの攻撃魔法となってくると、一日に三発とかが限界だったりもするからな……。

アシュガーノ半島を襲う魔物の数次第ではあるが、おそらくそんなの焼け石に水だろう。

防衛に成功すれば美味《うま》い話ではあるのだが、あくまでそれは「成功すれば」の話だ。

聞いてる限りだと、とてもそんなことできそうにないぞ……。

一体あの社長、何を考えて俺に全面委託などと言い出したのか。

などと考えていると、ジャスミンは何かを察したようにこう口にした。

「あ……もしかして、学校の単位のこと気にしてる？　それならお父様がハダル君の業務時間を出席扱いにするよう学長に交渉してくれるから心配ないわよ。アシュガーノ半島の要塞建設は国の一大事業だし、学長も首を横には振れないはずだわ」

いや全然ちげえよ。

「いやまあ、それはありがたいんだけど……」

お母さん、「留年は採用担当から見てかなりの減点ポイントだから絶対しないように」って口酸っぱく言ってたからな。

もちろんその心配もなかったわけじゃない。

留年の心配がないかどうかも、一応後で聞こうと思っていたことではある。

けどそんなこと以前に、問題は俺が業務を遂行できるかどうかなんだよな。

「……そんなことより、俺が魔物を倒せなかったらどうするんだ？」

「……え？」

質問すると、またもやジャスミンはキョトンとした表情に。

「ああ、ごめん。まさかそんな心配をするなんて思ってもみなかったから、びっくりしちゃったわ。ちょっと私の説明が悪くて過剰にビビらせちゃったかもしれないけど、私もお父様もハダル君なら大丈夫ってことで意見が一致しているわ」

キミはともかくなんで社長までそう思えるんだ。

ジャスミンが授業の様子から勝手にそう思いこむのはまあ百歩譲って分かるとしても、社長さんは合金の錬成しか見てないだろ。

「それに、もしダメだったとしても違約金とかないから安心して。増援次第で対処できそうならなんとか人員を確保するし、行ってみて無理だと判断したらいつでも中止していいから。その場合報酬は貢献度に応じて分配になるから、予算全額よりは少なくなるけど」

心の中でツッコミを入れていると、ジャスミンはそう付け加えた。

まあそこまで言うなら……。

「分かった。一応受けてみるよ。社長にもそう言っといて」

俺はこの依頼を受けることにした。

バンブーインサイド建設は今や大事なクライアントだからな。

ハナから断るより、ダメもとでも行ってみるだけ行ってみた方が今後の関係性を良好に保てると思ったのだ。

いつでも契約中止していい上に単位の心配もないならこちらのデメリットもないし、もし半島の魔物が思ったより弱かったりしたら巨額の報酬がもらえて儲《もう》けもんだ。

「あ、でも留年回避を確約してくれたらだからな」

「そこはまず心配ないわ、任せといて。それと今日のは軽い意思確認で、正式な契約の話はあとでお父様から直々にあるから、そのとき打ち合わせよろしくね」

社長と学長がどういう関係性なのかは知らないが、ジャスミンは自信たっぷりにそう口にした。

……ま、やれるだけのことをやるしかないな。

◇

社長から改めて話があったのは、二日後のことだった。

無事、出席扱いの交渉は成立したようだ。

社長曰《いわ》く、「ほとんどの先生がハダル君は授業に出ようが出まいが単位は出すつもりってことだったから、正直私が交渉するまでもなかった気がするよ」とのことだったが……いったいどういうことだよ。

この学園の成績システムガバガバすぎるだろ。

そしてなんと……びっくりしたのは、俺だけでなくジャスミンまでも同じ許可が出たらしいことだった。

「将来バンブーインサイド建設を継ぐからには、この現場は見ておいた方がいい」ということで、社長が無理やり学長を説得したようだ。

校舎のほとんどがバンブーインサイド建設かその関連会社によって建てられているため、学長も断るに断れなかったのだとか。

これがスーパーゼネコンの力か。

まったく、とんでもない現場を知ってしまったものだ。

再度簡単に話を聞いた後は、契約書に隅から隅まで目を通してから捺印《なついん》した。

報酬の額面もキチンと国からの予算のほとんどが入ってくるのを確認したし、途中での不履行に罰則規定とかがないのも厳重に確認済みだ。

そして、週末。

俺はジャスミンと共に、馬車に乗ってアシュガーノ半島に旅立つことになった。

暇なので、とりあえず本でも読み始めることにする。

程なくして、ジャスミンは本を覗《のぞ》き込《こ》んでこう聞いてきた。

「うひゃー、何その本。古代語？　よくそんなの読めるわね」

「『魔法薬量子化学』って本だよ。結構面白いよ？」

「へえ……タイトルからして難しそう」

「まあ、一回で完全に理解するのは難しそうかな」

この本、昔チンプンカンプンで一回読むの挫折したんだよな。

それで一旦、まずは前提知識を完璧にすべく「応用魔素量子論」を暗記する勢いで読み込んだのだ。

お陰で今読むとなんとなく内容が頭に入ってはくるが、それでもこれも何回か読み返さないといけなそうだ。

俺もまだまだである。

本を読み進めつつ……車酔いしそうになったら、そのたびにパーフェクトヒールを発動する。

しばらくすると、またジャスミンから質問が飛んできた。

「なんか定期的にとんでもない治癒魔法の気配がするんだけど、何かやってる？」

「うん、三半規管にパーフェクトヒールをかけてる。車酔いに弱いんだよね……」

「そ、そんなことでパーフェクトヒールを⁉」

そんなことでって。結構重要だぞ……。

「私が知ってる限り、パーフェクトヒールってそんな馬車で無理やり本を読み続けるために連発するようなもんじゃないんだけど」

「これでも自然回復のペースほど魔力使ってないから大丈夫」

「どんな魔力量してたらそうなるのよ……」

呆《あき》れたようにため息をつくジャスミン。

数秒後、彼女は何か思い出したかのように、話題を変えてきた。

「ってかハダル君、山奥から来たんだよね？　車酔いするって、道中大変じゃなかったの？」

そういえば、昼休みの商談の後、ご飯食べ終わるまでの間にちょこっとそんな話したな。

「行きは空を飛んできたから大丈夫だったよ」

「そ、空……？」

「お母さんに空を飛んで送ってもらったんだ」

「空飛ぶお母さん……いったい何の比喩かは知らないけど、ハダル君がそう言うならそういうことにしとくわ」

洞窟から王都までの交通手段を明かすと、なぜか信じてもらえなかった。

しかも……何を思ったか、どう考えても今までの文脈からは出てこないはずの質問が出てくる。

「その移動方法、お母さんがいないと使えないの？」

「それは……」

お母さんに送ってもらったと言っているのに、なぜお母さんがいなくてもできるかもという発想になるのか。

その点は不思議ではあったが……奇《く》しくも答えは「いいえ」ではないのが、正直なところだ。

実を言うと、一応自分で飛べるんだよな。

お母さんの「人化の術」の魔法陣の作用機序を反転させた魔法を試しに発明したら、「竜化の術」ができたのだ。

お母さんが「人化の術」を使っても人間になるわけではないのと同様、「竜化の術」もドラゴンになるのは姿だけだが、一応その状態では空を飛べる。

入試の日はベストコンディションで挑めるよう、魔力を使わないためにお母さんに送ってもらったのであって。

自力で移動する手段が無かったというわけではないのだ。

「一応俺自身も飛べるよ」

「え……そうなの？　どうやって？」

できると答えると……途端にジャスミンは、今までにないくらい興味津々に食いついてきた。

「竜の姿になって」

「な、何よそれ……。……あの、もしよかったら私もそれ体験していい？」

「体験？」

「その……お母さんがハダル君を乗っけたように、私も乗っけてもらえないかなーって……」

……別にそれくらいは構わないのだが。

「半島の方角を教えてくれるならいいよ。けどせっかく用意してくれた馬車使わなくて大丈夫？」

「それは大丈夫よ。一応お父様が手配してくださってるけど、期日までに着けばどう移動しても構わないから」

経費で用意された馬車を無視して勝手な行動を取ってもいいのかだけ心配だったが、社長の娘が言うなら問題ないだろう。

「じゃあ……すみません御者さん。ちょっと止まってもらっていいですか？」

変身するために、俺は馬車を止めてもらって降りることにした。

続いてジャスミンも、御者さんと軽く話をつけた後馬車を降りてくる。

俺は「竜化の術」を発動し、ドラゴンの姿に変身した。

「ほ、ほほほ本当にドラゴンが……」

「逆鱗《げきりん》かなんかに摑《つか》まっといてね。多分それが一番体勢が安定するから」

ジャスミンが尻尾から背中によじ登ってくると……俺はゆっくりと空に浮き上がり始めた。

「急に嫌な予感がしたから一応念押しとくけど、自由落下以上の加速度で加速しないでよね」

「自由落下かぁ……分かった、慎重に行くよ」

ちょっとゆっくりすぎやしないかと思わなくもないが、まあせいぜいトップスピードに乗るまでの時間が数分変わるだけだし別にいいか。

「半島の方角は？」

「あっち」

ジャスミンが光魔法で示した方角に向かって加速する。

もちろん、空気抵抗で飛ばされないようにジャスミンの周囲は対物理結界で囲ってある。

一時間後……無事俺たちは、地図で見たのと同じ半島に到着することができた。

「そんな……。一週間かかるはずだったのにもう着いちゃった……」

竜化の変身を解いている中……ジャスミンは呆然《ぼうぜん》とした様子でそう呟《つぶや》いた。

到着後、まず俺たちが訪れたのはバンブーインサイド建設のアシュガーノ支社。

受付にて、ジャスミンが手続きを始めた。

「いらっしゃいませ。どのような用事ですか？」

「要塞の建設予定地を見たいの。案内してくれる？」

「すみません、あの場所は関係者以外立ち入り禁止なのですが……弊社とはどのような関係で？」

あれ、そこ顔パスじゃないんだ。

とも一瞬思ったが……まあよくよく考えれば、流石に支社の受付にまで娘の顔が知れ渡ってるってことはないか。

「私はライト社長の娘よ。そしてこちらは安全管理業務委託先のハダル君」

「ご冗談はよしてください。彼女らの到着はまだあと一週間先のはずです。ここにいるはずがございません」

「もともとそういう予定だったけど、ハダル君が竜になって空を飛べたから早くつけたのよ」

「はい……？　いったい何の話をされてるんですか……？」

ジャスミンは素性を話したが……それでも尚《なお》、受付の係員は信じられないといった様子だった。

……意外と押し問答してるな。

このままだと埒《らち》が明かなそうだし、何かできることはないだろうか？

一瞬考え……俺はいい方法を思いついた。

「これで信じてもらえますか？」

そう言って俺が見せたのは、今回の業務の契約書。

まあ人に見せるようなものではないので、条件や金額といったあまり見せたくない部分は幻影魔法で適当な文字列が見えるようにしてるがな。

すると……流石に係員も察しがついたようだ。

「こ……これは間違いなく弊社の社長の捺印！　失礼いたしました！」

態度が急変し、何度も頭を下げた。

「あまりにも話が突拍子もなくて、なりすましだとばかり……！」

「まあ、そう思うのも無理はないわ。私だって自分が搭乗者じゃなきゃ、あんな移動方法があるなんて信じられなかったと思うもの」

申し訳なさそうにする受付の係員を、ジャスミンはそう言ってフォローする。

とりあえず、俺たちは無事予定地に案内してもらえることになった。

◇

「ここから先がアシュガーノ半島の要塞建設予定地、アシュガーノ岬となります」

受付の係員がそういって指したのは、見渡す限り何もないただの岬だった。

対物理結界を足場にして上空に移動し、地形を確認すると、幅二キロ、長さ四キロほどの突起状の地形で、その全体が平地となっているのが見て取れた。

なるほど、本当に建設予定地が定められているだけで、工事は一ミリも進んではいないようだ。

そしてよく見ると……何体か、ゼルギウス王立魔法学園の校舎くらいのサイズの燃え盛る鳥がいるな。

そんなことを考えつつ、地上に戻る。

すると、受付の係員が慌てふためいていた。

「ちょっ！　急に飛び上がらないでくださいよ！　一応ここまでなら安全に近づけるとされてますけど、上空に人間がいるのを捉えられたら魔物に襲われるかもしれないんですよ？」

おっと、それは先に言っておいてほしかった。

「すいません、次からは気をつけます。ただ、さっき見た感じだと、今のタイミングはこっちの大陸の在来種しかいない感じっぽかったので大丈夫だと思いますが……」

とりあえず受付の係員を安心させるため、俺は見た様子をそう伝えた。

海までは探知していないからどうかは分からないが、少なくとも空を飛ぶタイプの魔物の中だとさっきの燃える鳥が一番強い部類だ。

せいぜい「竜閃光《りゅうせんこう》」一撃で倒せるような相手なので、まず間違いなく在来種だろう。

「では私が案内できるのはここまでとなります。ハダルさんはとんでもない戦闘能力をお持ちと聞いてますので、もっと奥まで視察に行っても構いませんが、くれぐれもご自身の安全には気をつけて――」

落ち着きを取り戻した受付の係員は、そう言って別れようとしたが……しかし、その言葉を言い終えることはなかった。

「キエエェェエエ！」

「ひっ⁉」

というのも……さっきの燃え盛る巨大な鳥三体がこちらを狙いにきて、受付の係員はそれと目が合ってしまったのだ。

とりあえず、「速射竜閃光」三発で処理。

「大丈夫でしたか？」

魔物は瞬殺したので攻撃は受けてないだろうが、心臓に悪そうなレベルで驚いていたので、俺は受付の係員に容態を聞いた。

「えっ……あ、あれ、倒されてる……⁉」

しかし……その返事はなく、受付の係員はただただ鳥の死骸を見つめるばかり。

そのまま彼女は、へたり込んでしまった。

「大陸側の魔物が……全て一撃で……」

虚《うつ》ろな様子で、彼女はそう呟く。

ん？　大陸側の魔物？

聞き間違えたかと思ったが、一瞬遅れて納得した。

俺にはどう見ても在来種としか思えなかったが……非戦闘従事者から見れば、インフェルノ大陸産と勘違いしてもしょうがないか。

あるいは、あまりの恐怖でさっきの鳥が別物に見えてしまったか。

何かあってはまずいので、一応俺は心理的ストレスを完全に消去できるようエリアアブソリュートヒールを二人にかけておいた。

side：アシュガーノ支社社内

受付の係員がハダルたちを案内するといって出かけた後の、アシュガーノ支社のオフィスでのこと。

一組の男女の事務員が、書類の整理などをしながらこんなことを話し合っていた。

「それにしても早かったわね。例の二人が来るの」

「ああ。社長のご令嬢と、とてつもない戦闘能力を有する安全管理業務を請け負う男……だったか。到着は一週間後のはずだったよな？」

そんなことを言いつつ、男の方の事務員は社長から届いた手紙を引き出しから取り出す。

彼が手紙を持っているのは、彼こそが本社との連絡を請け負う職員だからだ。

彼は学生時代、幻の鳩《はと》の魔物・テレコミュピジョンのテイムに成功したことから、採用枠の少ない一般職としてエリア限定採用されることとなった。

いくら激務高給がデフォルトのゼネコンとはいえ、流石に一般職は定時上がりが普通。

多少給料が低かろうがワークライフバランスを重視したかった彼にとっては、願ったり叶《かな》ったりだったのである。

戦闘能力こそ無いものの、テレコミュピジョンは飛行速度だけならハダルの全力飛翔《ひしょう》の三分の一くらいの速度が出せる。

そのおかげで……「通達より先にハダルたち本人が来てしまった」という事態には、ギリギリならずに済んだわけだ。

「全く……訳が分かんないわよね。ドラゴンに変身して飛んできたなんて、一体どこの世界の話なのかしらって思っちゃうわ」

「同感だ」

しばらく二人は無言になり、各々の作業を淡々と進めていく。

が……十分くらい後。

その沈黙は、男の事務員の方が破ることとなった。

「なあ……やっぱりおかしくないか？」

「な、何が？」

「二人がこんなにも早く到着したことがだよ。もしかして……やっぱり偽者だったんじゃないか？」

彼は沈黙の中、ハダルたちの素性がやはり怪しいと考えだしていたのだ。

しかしそれには、すかさず女の事務員の方が反論した。

「いや、そんなはずはないでしょ。ほらあの子も言ってたじゃない。『耳を疑うような話だったけど、契約書を見せられたから信じることにした』って」

彼女の根拠は、受付の係員の発言だ。

が……それを踏まえても尚、男の事務員は持論を崩さなかった。

「『人がドラゴンに変身して移動時間一週間を一日に短縮した』と『なりすましが偽造契約書を持っていた』。どちらの方がより現実味があると思う？」

「そ、それは……」

そう言われると、女の事務員もすぐには反論を思いつかない。

が……一応彼女は、こんな意見を口にしてみた。

「そ、そもそもご令嬢と安全管理業務の請負人の方のことは、社内の機密事項じゃないの。なりすます動機がある奴《やつ》がいるとして、いったいソイツはどうやってウチの機密を盗んだのよ？」

「それは俺も分からないが……」

会話を重ねるうちに、二人の中に得体の知れない不安がこみ上げてくる。

「あの子、無事帰ってくるかな？」

「だといいんだが……」

いろいろな考えが渦巻く中、彼らは特に受付の係員の安否が気になりだす。

受付の係員が帰ってくるまで、彼らは不安を抱えて業務がおぼつかなくなってしまった。

◇

二人の事務員が受付の係員の無事を知ることになったのは……夕方、勤怠記録をつけに彼女がオフィスに戻ってきたタイミングだった。

「無事帰ってきたのね！」

「本当に良かったよ」

受付の係員がオフィスに顔を出した瞬間……全てが杞憂《きゆう》だったと分かった安心感から、事務員二人の表情が綻んだ。

「ぶ、無事で良かったって……何のことですか？」

「本当は今日到着した二人がなりすましなんじゃないかって、ずっと心配してたのよ！」

「やはりどう考えても、ドラゴンに変身して飛んできたなど突拍子もなさすぎるからな。まだ契約書偽造からのなりすましの方があり得るんじゃないかって、心配してたんだ」

困惑する彼女に、二人はこれまでの心配の内容を伝える。

「あ、そういうことでしたか……ご心配おかけしてすみません」

思いのほか身を案じられていたことを知って……受付の係員は申し訳なさそうに、二人に頭を下げた。

そして……こう続ける。

「でも、あの二人が偽者ってことは絶対にあり得ませんよ」

「そ……そうなの？」

「何を以《もっ》てしてそう言えるんだ？」

自信満々に断言する受付の係員に、二人の事務員はそう問いかける。

それに対し……彼女はこう説明し始めた。

「私、今日お二人を案内した中で、社長の真意を深く痛感しました。今朝までは、『強力な戦闘能力を有する者一名に安全管理を全面委託する』なんて何を考えているんだと思っていたものですが」

「うん、私も社長ヤケクソになったのねって思ってた」

「今回、安全管理業務を請け負ってくださることになった、ハダル様ですが……文字どおり、人智《じんち》を超越した存在でした。というのも――彼、あのギガントフェニックスを、一秒と経《た》たず三体瞬殺したんです」

「「は……⁉」」

彼女の言葉に、事務員二人の口がぽかんと開きっぱなしになる。

それもそのはず。

ギガントフェニックスといえば……インフェルノ大陸から来る魔物の中でも特に厄介な敵の一角

なのだから。

「そんな芸当が可能な者が……社長が推薦した者の他にいると思いますか？」

「確かにあり得ないわね……」

「そんなの、間違いなく唯一無二の存在だよな」

そんな強力な人間の偽者なんて用意できるはずがないし……何より、そんな超常的な人間ならドラゴンになれるのもおかしなことではないのではないか。

そんな考えから、彼らの中から偽者説は完全に消え去ったのであった。

◇

アシュガーノ岬の視察に行った日の翌日。

俺は今後の業務に備え、トレーニングでも始めることに決めた。

いくら俺たちが早く来たとはいえ、肝心の建設業務の方がまだ再始動の準備が整っていないからな。

安全管理業務の方は当初の予定どおり、一週間後になってから始まることとなるのだ。

つまり俺とジャスミンは、一週間ほど暇な時を過ごすことになる。

その間もできるだけ有意義に過ごしたいので、とりあえず今日はトレーニングでもやろうと決めたわけだ。

といっても、まずはトレーニング器具作りからだがな。

アシュガーノ半島で過ごすために借りた宿のラウンジにて。

俺は昨日手に入れた燃える鳥の魔石を収納魔法で取り出すと……そこに魔法陣を刻んでいった。

「何してるの？」

作業を進めていると……いつの間にかラウンジに来ていたジャスミンが声をかけてきた。

「重力操作装置だよ。ちょっとトレーニングしようと思って」

その質問に、俺はそう答えた。

インフェルノ大陸の魔物は恐ろしいと聞いているからな。

そいつらから作業員を守る仕事を任されたからには、俺ももっともっと強くならなければならない。

そもそもトレーニングをしようと思ったのは、そういう理由からだ。

試験のとき支給された魔石では、重力三倍の装置しか作れなかったが……この燃える鳥の魔石があれば、重力百倍まで調整できる魔道具が作れる。

三倍なんかじゃ誤差みたいなもんだが、これがあればまあある程度マトモといえる強度のトレーニングができることだろう。

人事を尽くして天命を待つって言葉もあるしな。

たとえ付け焼き刃だったとしても、こうやってちょっとでも最善を尽くそうとすることが重要だと思うのだ。

「魔道具で重力を操作できるとか聞いたことないんだけど。てかなんで？」

「インフェルノ大陸の魔物に勝てるくらい強くならないといけないじゃん」

「いや……昨日十分倒せてたじゃん……」

だからあれはおそらく在来種だって。

仮に向こうの大陸産だったとしても、せいぜい縄張り争いに負けて逃げてきた魔物とかだろう。

向こうの魔物の本領とは程遠いはずだ。

などと考えたり会話したりしているうちにも……魔道具が完成した。

ここで重力を変えると宿が潰れてしまいかねないので、外の適当な広場に移動する。

なぜかジャスミンもついてきた。

「ちょっと離れて。そこにいると重力百倍になるよ」

ツマミを動かそうとしたとき……俺は真後ろにジャスミンがいるのに気づき、一応そう注意喚起した。

「ひ……百倍⁉　冗談じゃないわよ」

即座に離れてくれたので、早速起動。

全身が重たく感じるとともに、魔道具の効果範囲内の地面が二センチほど沈み込んだ。

まずは逆立ち腕立て伏せでも始めるか。

「一……二……三……」

「普通に運動してるように見えるけど……重力百倍って、どんな感じなのかしら……」

俺が腕立て伏せをする様子を見て……ジャスミンはそんなことを言いつつ、小石を装置の効果範囲内に投げ入れた。

すると……小石は効果範囲内に入った瞬間、放物線の軌道を描くのをやめ、垂直に地面に落下した。

勢いをつけて落下した小石は、地面に十センチほどめり込む。

「こんなところでトレーニングなんて正気じゃないわよ……」

その様子を見ていたジャスミンは、震える声でそう呟いた。

ジャスミンがそんなことをしているうちに、腕立て伏せ三十回ほどが終了する。

本当はこの後、続けてスクワットやシャドーボクシングもするつもりだったが……俺はその予定を変更せざるを得ないなと感じた。

というのも……重力百倍というと聞こえは恐ろしいが、冷静に考えて今の俺の自重は五トンにも満たないのだ。

つまり、あまりトレーニングになっている感覚がしなかった。

もう少し……せめて倍くらいは負荷をかけないといけなそうだ。

俺は収納魔法で試験のときつくった剣を取り出した。

これで素振りでもしよう。

「そ、それって……もしかして、例のオリハルコン―アダマンタイト合金の……？」

「そうだ」

「……この空間で⁉」

剣を見て……ジャスミンは開いた口が塞がらない様子に。

構わず俺はトレーニングを再開することにした。

「一……二……三……」

「ハダル君って本当に人間なのかしら……？」

人間だから社会人目指してるんだろうが。

などと心の中でツッコミを入れたりしつつ、五分くらい素振りを続けてみたが……次第に俺は、それにも飽きてきた。

負荷はちょうどいいくらいなんだがな。

相手がいない単純作業をずっと続けるのも、なかなか飽きるものなのだ。

一旦俺は装置を止め……別の魔道具を作ることに決めた。

「もう終わり？　そ、そうよね。こんな空間で長時間のトレーニングなんて、流石にハダル君でも……」

ジャスミンは今日のトレーニング自体がもう終わりだと勘違いしているようだが、別にそんなことはない。

「いやちょっと実戦形式に切り替えようと思って」

俺は昨日の燃える鳥の魔石を二個取り出した。

うち一個は、通常のものより効果範囲の微調整がしやすいようにした重力操作装置を作る。

そしてもう一個の方には、とある魔法陣を刻んだ後、錬金術で生み出した金属パーツを多数付けていった。

その完成形は……大型の狼《おおかみ》のようなフォルムとなった。

「じ……実戦形式？」

「うん。魔物を模した魔道具でね」

俺が作ったのは、メタルウルフという魔道具だ。

用途は主に猟犬として、あるいは今俺がやろうとしているような模擬戦の相手として。

俺が前読んだ文献では、確か性能はフェンリルとかいう魔物と同等くらいとか書いてあったはずだ。

フェンリルの実物に会ったことがないので、具体的にだからどうなのかはよく分からないが。

このメタルウルフは内部がミスリル――オリハルコン合金、外側に厚さ三センチのオリハルコン――

アダマンタイト合金のコーティングがされたパーツで作っている。

「重くなりすぎないようにしつつも、剣で簡単には壊れないようにする」というコンセプトで、そのような金属をチョイスした。

通常のメタルウルフと大きく違うのは……内部に先ほど追加で作った重力操作装置が組み込んであることだ。

これにより、メタルウルフだけは、トレーニング用の百倍の重力がキャンセルできるようになっている。

つまり、俺だけが重力百倍のハンデを負ったような状態で模擬戦ができるようになっているわけだ。

準備が整ったので、早速俺は重力操作装置及びメタルウルフを起動し、トレーニングを再開した。

流石に彼我に百倍の重力差がある状況で、そこそこ敏捷性《びんしょうせい》の高い狼を相手にするのはなかなかしんどい。

が、それはつまり良いトレーニングになっている証拠だ。

それに何より、単調な素振りと違ってこのトレーニングは楽しい。

「何この光景……もう訳が分からない……」

魔道具の効果範囲の外では、ジャスミンが口をあんぐりと開けたままこちらを凝視している。

それはあまり気にしないことにして、俺は何時間かトレーニングを続けたのだった。

◇

メタルウルフとの模擬戦が日課になって、三日が経過した。

その日の夕方。

宿で夕食を食べていると……隣の席にジャスミンがやってきた。

「はい、これ。事業計画書」

「ありがとう」

実は……今朝俺はジャスミンに、要塞建設の事業計画書のコピーをアシュガーノ文社から取り寄せてもらえないか頼んでいたのだ。

それが今、届いたというわけだ。

「一応当初の事業計画書と、今回の再始動に際しての事業計画書、両方貰ってきてるわ」

ジャスミンはそう言って、二つに分かれている書類の束を指差す。

早速俺は、食べながら資料に目を通すことにした。

予算、工期、スケジュールに人員……それぞれの項目を、一つずつ確認していく。

その中で……俺は一点、不思議な部分を見つけた。

「あれ……再始動版、なんでこんなに作業員の数が減ってるんだ?」

どういうわけかは知らないが……最初の建設計画に比べて、これからやろうとしている分の計画では、作業員の動員数が三割ほど減っているのだ。

そのせいで工期も、当初の計画より一・五倍くらい長くとる感じになってしまっている。

その疑問には……ジャスミンがこう答えた。

「ああ、それなら多分労災のせいだと思うわ」

「労災？」

え。まさかこの三割、最初の建設計画で怪我《けが》をして働けなくなった人の分だというのか。

いやでもこの計画……確か二年くらい前からストップしてたって話だったよな。

その間、怪我を治してもらえてないって、なかなか酷《ひど》い話ではないだろうか。

「この話は資料をもらうとき、支社の従業員さんたちから聞いたんだけど……前の建設計画では、インフェルノ大陸産の魔物を目の当たりにした作業員の結構な割合がストレス障害を患ってしまったらしいの。もちろん、カウンセリングとかの治療費は会社の経費でしっかり出してるんだけど……なかなか現場復帰できそうな人は増えないって」

別に会社が手当を出していないとかそういう闇の深い話ではなかったようだ。

良かった。協力している会社が良心的なところで。

でも……ＰＴＳＤとかなら全然、アブソリュートヒールとかで普通に治せるはずなんだけどな。

「なんでアブソリュートヒールを使わないんだ？」

「そんなことできるわけないでしょ。その魔法が使える人、一体どれだけ希少か分かってるの？」

「エリザベスさんにでも頼めば、二年もあれば全員治して貰えたんじゃ……」

「あの……その『エリザベスさん』って聖女様のこと？　あの方のアブソリュートヒールは貴重なのよ。命に関わる難病で、かつ患者が要人とかでなけりゃとてもやってもらえないわよ……」

そんなに条件厳しいのか。

仕方ない。俺が行くとするか。

「じゃ、明日治療しに行こうか。教会に案内してもらえるか？」

「え……治療？　ま、まさかハダル君、アブソリュートヒール使えるの？」

「使えるも何も、初日の視察のときに燃える鳥にビックリしてた二人にかけたのがアブソリュートヒールなんだが」

「え……そんなハイグレードな治療を知らずに受けてしまってたなんて……」

こんなことで工期が延びてるのは勘弁してほしいからな。

サクッと治して、確保できる人員を増やせるだけ増やすとしよう。

◇

次の日。

俺はジャスミンの案内のもと、労災の患者たちがいる教会に赴いた。

その道中……ジャスミンは、何か大事なことでも思い出したかのようにこう聞いてきた。

「そういえば……治療するっていったって、いったい教会に入ってからどうするつもりなの？　たとえアブソリュートヒールが使えるとしても、治癒師免許がなければ何もさせてもらえないんじゃ……」

確かに、ごもっともな質問だ。

奇しくもその点は心配ないんだがな。

「あるよ」

そう言って俺は、王都の教会で発行された治癒師免許を見せた。

「なんであるのよ……」

「インターンに行ったらついでに試験を受けさせてもらえて取得できた」

「なんでついでで取得できるのよ……」

ま、単に治すだけなら、ロビーからエリアアブソリュートヒールを放つとかやりようはあるんだがな。

現場復帰させるのが目的な以上は、治癒証明がしっかりできることも肝心だ。

正規の治癒師として動けるなら、それに越したことはないだろう。

そんなことを話しながら歩いていると、教会のアシュガーノ支部が見えてきた。

教会に入ると……俺は受付の人に治癒師免許を見せつつこう告げる。

「治癒師のハダルです。専門はストレス障害です。建設業務の労災患者を診させてください」

「え、ええと、少々お待ちください……」

受付の人はそう言って、奥の部屋に行った。

別にストレス障害が専門なわけではないが。

こう言っとけば話はスムーズに進むはずだ。

しばらくして……受付の人は一人の壮年の男を連れて戻ってきた。

「私がアシュガーノ支部長のホンマーだ。ストレス障害専門の治癒師といったか？　それはぜひ診てやってほしい」

どうやら問題なく診療に入らせてもらえるようだ。

「……そちらのお嬢さんは？」

「あ、私はバンブーインサイド建設の社長の娘です……」

「なるほど。従業員のために良い治癒師を紹介してくれるというわけか。将来会社を継げば良い社長になりそうだな」

「えと……」

図らずも支部長から好印象を受け、ジャスミンは若干困惑の表情を浮かべる。

まああながち間違ってないんだし良かったじゃないか。

俺たちはホンマー支部長の案内のもと、該当の病室を巡ることとなった。

◇

最初の患者の病室にて。

「ハァ……ハァ……落ち着け……あの鳥は……！」

その部屋では……一人の男が、頭を抱えてブツブツ呟いていた。

「ちょうど発作が始まってしまったようだな。こうなるのは四日に一回くらいなのだが……」

その様子を、ホンマー支部長がそう解説する。

とりあえず、アブソリュートヒールを発動した。

「……あら？」

すると……発作は一瞬で治まった。

「あ、支部長、おはようございます。……そちらのお二人は？」

そして何事もなかったかのように、冷静に支部長と話しだした。

「ええと……ストレス障害が専門の治癒師なんだが……まさかここまでの即効性とはな」

「そうですね。何というか、妙な心地よさと共に頭の中から悪夢がスーッと消えていくような感じがありました」

彼は淡々と、自分の身に起きたことを説明した。

そして……いきなりこんな願いを口にした。

「あの……俺、職場復帰させてもらえますか？　今ならもう、あの燃える鳥とかを見ても平然としていられる自信があります」

その言葉に……支部長は驚いて目を見開く。

「な……⁉　君本人からそんな言葉を聞く日が来ようとは……」

「怖いものがなくなった今……俺には二年間も働かずにいた不甲斐《ふがい》なさしか残っていないんすよ」

「そうか……ちょっと失礼」

支部長は一旦病室を後にすると、一枚の絵を持って戻ってきた。

そこに描かれてあるのは、例の燃え盛る鳥だ。

「これを見ても何も思わんか？」

「思わないですね。強いて言えば、長いこと休職させられた原因と思うとちょっと腹が立つくらいです」

当然ながら、その絵を見ても彼は冷静沈着そのものだ。

「むぅ……これは確かに、完治しておると言えそうだな……」

しばらく考えた後、支部長はこう結論付けた。

「よし、分かった。希望どおり、治癒証明を出しておこう」

とりあえず……まずは一人、社会復帰させることに成功した。

◇

その後の診療も……俺がアブソリュートヒールをかけては支部長が完治のチェックをして、順調に全員治癒証明が出されていった。

これで無事、当初の作業員の人数で建設計画が進められるようになったな。

「このことはアシュガーノ支社の方に報告しといてくれ」

「わ、分かったわ……。あとお父さんにも、診療報酬をハダル君に払うよう伝えとくわね」

そんな話をしながら、俺たちは宿に戻ったのだった。

◇

それからまた数日間、メタルウルフと超重力下で模擬戦をするだけの日々が続いた。

そしてとうとう、建設作業が再開する前日となった。

それに伴い……俺の業務は、今日から始まる。

建設作業再開に向け、とりあえず現時点でアシュガーノ岬に居着いてしまっている魔物を一掃するのだ。

業務初日ということもあり……今日は、前任者の代表も立ち会ってくれることになっている。

一応、業務の引き継ぎをするという名目でだ。

引き継ぎといっても、俺のやることは作業員の安全に配慮しつつ魔物を殲滅《せんめつ》するだけなので、説明を受けることは特に何もないのだが……前任の者たちが一応、俺の実力を確認したいのだそうだ。

今日来てくれているのは、アシュガーノ騎士団の副団長及びSランク冒険者が二名。

安全管理業務の前任はアシュガーノ騎士団と有志の冒険者集団だったため、このような組み合わせになっている。

待ち合わせ場所は、アシュガーノ半島に来た初日に受付の係員に連れていってもらったあたりの場所。

宿を出ると、俺はメタルウルフに乗ってその場所を目指した。

集合時刻の十分前には到着したのだが……三人は既にそこに来ていた。

「はじめまして。私はアシュガーノ騎士団の副団長・フロイドだ。団長はリーダーシップ重視で別の者が務めているが、戦闘能力では私が騎士団でナンバーワンだ。よろしく」

「Sランク冒険者のメイよ。よろしく」

「同じくSランク冒険者のウェザーだ」

「安全管理業務新任のハダルです」

まずはそんな感じで、ひととおり自己紹介を済ませる。

「いろいろと噂《うわさ》は聞いている。あのギガントフェニックスを三体も秒殺した、とかな。本当ならとんでもない強さだが……その反面、あまりにも現実味が無い噂なので信じ切ることもできなくてな。いきなり疑って申し訳ないが、前任者として君の実力を見させてもらえればと思う」

全員の自己紹介の後、副団長のフロイドはそう続けた。

たぶんその噂、受付の係員発信だよな……。

てことは、ワンチャン俺が倒した魔物がそのギガントフェニックスとかいう奴じゃない可能性もある。

燃え盛る鳥の外見から名称を連想しただけで、実は勘違いで全然下位の魔物だったりしてな。

それを考慮すると、確かに俺の実力が「噂どおり」かは微妙かもしれない。

ま、別にあれが俺の本領だったわけでもないので、あの燃える鳥がギガントフェニックスじゃなかったとしてもすなわち俺がギガントフェニックスを倒せないという話にはならないが。

ともかく、この人たちが安心できるような戦いを披露できるといいな。

などと考えていると……フロイド副団長がこんなことを聞いてきた。

「ところで、君が乗っているそのギンギラギンな狼は何だ？」

そう言って彼は、メタルウルフを指した。

「メタルウルフという魔道具式の猟犬です。模擬戦の相手や、このように移動手段としても使えます」

「メタルウルフ？　聞いたことないな……。魔道具の猟犬って、この地の魔物相手にそんなの通用するのか？」

答えると、フロイド副団長はそう言って首を傾《かし》げた。

二人のSランク冒険者も、何のことかよく分かっていない様子だ。

メタルウルフ、あまりメジャーな魔道具ではないのかもしれないな。

はてさて、これ以上どう説明したものか。

そう思っていると……上空に、一体の魔物がいるのが目についた。

インフェルノ大陸の方角から、例の燃える鳥が飛んできているのだ。

百聞は一見に如《し》かずって言うし……とりあえずメタルウルフにアイツでも倒させてみるか。

「あの、ギガントフェニックスってあの魔物のことですか？」

「……ああ、そうだな。というか君、知らなかったのか？」

「あれと同種の魔物は倒したことがあるんですけど、名前と見た目がまだ一致してなくて」

そんな話をしつつ……俺はメタルウルフから降りる。

そして、魔力波で信号を送ってメタルウルフに合図を出した。

すると……。

「ワオオォォォォォォン！」

メタルウルフはギガントフェニックスの方を向き、雄叫《おたけ》びを上げた。

直後、ギガントフェニックスは空中で爆発四散した。

「「「な……⁉」」」

その様子を見て……フロイドたち三人は、目が爆発点に釘付《くぎづ》けになったまま口をあんぐりと開ける。

「い……いったいこれは……？」

「超音波兵器ですよ」

そう。メタルウルフ、遠吠《とおぼ》えで高エネルギーの超音波を発することができるのだ。

ギガントフェニックスは音響のエネルギーを受け、爆発してしまったのである。

ちなみに吠《ほ》え声が俺たちにも聞こえるのは、攻撃したことが分かりやすいよう可聴域の音も申し訳程度に同時に出るようになっているからだ。

「なんだあれ。もう強いとかそういう次元じゃなくないか……」

「というか、この狼さえいれば他に何もいらないくらいじゃないの……」

依然視線が爆発点に釘付けになったまま、フロイドとメイがそれぞれそんなことを呟く。

流石にそこまではいかないな。

魔石の限界というか、メタルウルフの実力が通用するのは取った魔石の魔物のちょい上位互換くらいまでなのだ。

もちろん、もっと強い魔物の魔石で作れば話は変わってくるが……結局その原材料を倒すのは、俺がやらなくちゃならないことに変わりはない。

戦力外ではないという証明にはなっても、これ一台で十分は言いすぎだろう。

「う、うん、とりあえず君の実力が常軌を逸しているのはよく分かった。騎士団百人に冒険者数十人でどうにもならなかった仕事をたった一人に任せると聞いたときは、バンブーインサイド建設の社長もヤケクソになったかと思ったが……どうやらマトモな判断だったようだな」

しばらくして、落ち着きを取り戻したフロイド副団長はそんなことを言いつつ、しきりにウンウンと頷《うなず》く。

「だが、せっかくここまで来たんだ。他の魔物と戦うところも見てみたい」

そしてそんな要望を出してきたので、岬の先端を目指していくことにした。


しばらく歩いていると……今度は、別種の魔物に出くわした。

これまた一軒家くらいのサイズがある、亀の魔物だ。

「ラッシュタートルか。……また厄介な魔物だな」

その魔物を見て、Sランク冒険者の一人、ウェザーがそう呟く。

「あれはどうやって倒す?」

「そうですね……」

試しに診断魔法を放ってみると……脚力が異常に発達していることが分かった。

その発達の仕方を見るに、どうやら重量装甲である甲羅を盾に突進する戦闘スタイルのようだ。

であれば……それを逆手に取るのが一番楽か。

俺は風魔法で、亀（ラッシュタートルという名前らしい）にとって不快な音色を発した。

すると……ラッシュタートルは俺たちの存在に気づき、猛突進してきた。

「まずい！　気づかれた！」

フロイド副団長はそう言って焦るが……別に何もまずいことはない。

意図的にこうしているのだからな。

俺は何枚か対物理結界を展開し、ネズミ返しのような形状を作った。

ちょうどそこにラッシュタートルが突っ込んできて……そして、ネズミ返しの形状の結界に沿って、仰向けにひっくり返った。

「……って、あれ、止まった⁉」

その様子を見て、副団長は困惑の表情を浮かべる。

「これ倒していいんですよね？」

「お、おう……」

ひっくり返ってむき出しとなった柔らかい腹部に、オリハルコン―アダマンタイト合金製の剣を突き立てる。

特に力を入れずとも、剣は自重だけで亀の心臓にまで深々と突き刺さった。

「こんな感じでどうでしょう？」

「マジか……あの突進を利用するのか……」

感想を聞いてみると……フロイド副団長は唖然《あぜん》とした様子で、まずは一言そう呟いた。

「そりゃあひっくり返せば簡単に弱点を見せてくれますから」

「そのひっくり返すのが普通、至難の業なんだがな。ラッシュタートルの突進に耐える結界とか生まれて初めて見たぞ……」

あれ。

相手に合わせて最適な戦術を組めますよってところを見せようと思ってさっきの倒し方をしたつもりだったんだが……なんか思ったのと違う反応が返ってきたな。

まあいいか。

というか……この調子でいちいち魔物とタイマン張ってくの、なんか効率悪いな。

岬全体に探知魔法を放ってみても、竜閃光一発で死なないレベルの魔物は（おそらく今日はたまたま）いないみたいだし。

もうなんかまとめてパーッと倒して今日の業務終えちゃうか。

探知魔法に映った反応を見る限り、この岬にメタルウルフより早く移動できる魔物は存在しない。

ということは――アレが使えるな。

俺はメタルウルフにさっきとはまた違った信号を送り、モードチェンジをした。

現在のモードは「疑似餌の魔力波」だ。

現在メタルウルフの魔石からは、魔物が獲物だと勘違いするような魔力波が放たれている。

この状態でメタルウルフに魔物の近くを横切らせれば、魔物はメタルウルフを追いかけてくるわけだ。

「よし、岬全体を一周してこい」

そう指示すると、メタルウルフは颯爽《さっそう》と駆けだした。

「……あの魔道具、どこに何しに行かせるんだ？」

「猟犬の本領発揮ですよ」

微妙に答えになってないのは自分でも分かってるが、まあどうせ見れば分かるからいいだろう。

「ちょっと一旦休憩にしましょう。昼食でも食べませんか？」

メタルウルフが帰ってくるまで暇なので、早めに昼食を食べることにする。

俺は収納魔法に入っているご飯を三人に配った。

「……これは？」

「ゼルギウス王立魔法学園の日替わり定食です。美味《おい》しいメニューなので、まとめ買いしておいて毎日食べてます」

「日替わり定食とはって感じだな……」

そんなことを話しながら、定食を食べていく。

食べ終わるころ……ようやくメタルウルフが帰ってくる時間となった。

「そろそろですね」

食器を収納して立ち上がりつつ、メタルウルフが帰ってくる方角に目をやる。

その方角からは……メタルウルフと、それに次いで夥《おびただ》しい数の魔物がついてきていた。

それを見て……フロイドたちは、驚きのあまり腰を抜かしてしまう。

「ひ……ヒェッ！」

「な、なんだあの光景……」

「猟犬の本領発揮ってそういう意味かよ……！」

そしてSランク冒険者のウェザーは頼むような視線を俺に向けつつ、こう聞いてきた。

「な、なあ、あれどうするつもりなんだよ⁉」

「もちろん倒すんですよ。こうすれば手間が省けますから」

そんなふうに答えつつ、魔物の大群が至近距離まで近づいてくるタイミングを見極める。

メタルウルフがちょうど俺たちを通過したその瞬間……俺は攻撃を開始した。

使う技はもちろん、速射竜閃光。

一体あたり一発で、防御の隙すら与えず全滅させた。

「終わりましたよ」

そう伝えつつ、俺は死体となった魔物の山を収納する。

「この岬の魔物は今ので全部撃退できましたし、帰りましょうか」

続けてそう声をかけてみたものの……彼らはあんぐりと口を開けて固まったままで、返事はなかった。

どうしたんだろう。

まさか俺が気づいていなかっただけで、今の間に状態異常魔法をかけた魔物がいたとか？

だとしたらまずいので、とりあえずエリアアブソリュートヒールをかけてみる。

が、変化はなかった。

しばらくして……ようやくフロイド副団長が、こう一言発する。

「これは……夢か？」

夢じゃないぞ。

「は、速すぎる……。あんな連射性能の攻撃魔法、見たことがない……」

続けてSランク冒険者のメイが、そう口にした。

「しかも一発一発の威力もえげつなかったぞ……。今のはなんて魔法なんだ？」

そして最後に、ウェザーがそう聞いてきた。

「速射竜閃光という魔法です。竜の息吹の収束度を上げた竜閃光という魔法があるのですが、それを連射式にしたのがさっきの魔法です」

一応俺は、自分が使った魔法について軽く解説した。

すると……フロイド副団長が、何やら合点《がてん》がいったようにこう呟いた。

「なるほどな、ようやくその力の謎が解けたぞ。ハダル、君は人化の術を使ったドラゴンなんだな」

いや、違うが。

「速射竜閃光は術式が高度すぎてドラゴンには使えないそうですよ」

「でも、元はといえば竜の息吹がベースなのだろう?」

「そうなんですが、魔法陣を改造してるうちにドラゴンに扱える魔法制御の範疇《はんちゅう》を超えちゃったみたいで……」

「いやそこじゃなくて、そもそもなんで人間に竜の息吹が使えるんだよ!」

うーん。それは結局は魔法の一種にすぎないから、としか言いようがないが……。

まあいいか。

「とりあえず、帰りますか」

「そ……そうだな。魔物がいないのにいつまでもここにいたってしょうがないし」

というわけで、俺たちは帰路につくことになった。

ちなみにメタルウルフは、番犬として置いていくことに決めた。

これで今日の夜に新たに上陸してくる魔物がいても、よほど強くない限りはメタルウルフが対処してくれるだろう。

帰り道……フロイド副団長とＳランク冒険者のメイは、口々にこんなことを言い合っていた。

「いったいどこからこんな人材を連れてきたのか……バンブーインサイド建設が羨ましすぎる限りだ」

「私はむしろ彼が冒険者をやっていなくて良かったわ。フリーランスからすれば、あんな逸材にいられては仕事がなくなって困るもの」

……そういえば騎士団って、労働条件はどんなもんなんだろうか。

公務員だから安定はしてそうだが、年間休日百二十五日は厳しそうなイメージがあるな。

◇

次の日。

ようやく建設作業の再開日となった今日……俺は作業員や施工管理部の人たちそしてジャスミンと共に、アシュガーノ岬にやってきた。

ちょうど岬の先端が見えるような位置に来たところ……そのタイミングで、敵襲が。

「ワオオォォォォォォン！」

翼の生えた漆黒の馬型の魔物が上空から飛来していたが……そいつは超音波攻撃により、爆発四散した。

「な……何事だ？」

「なんか魔物が爆発したぞ⁉」

「さっきのって……ファントムペガサスじゃなかったか？」

「たった一体で中規模の国の王都を破壊できるような奴が……ああも一瞬で……」

その様子を目撃した作業員たちからは、続々とそんな声が。

「ファントムペガサスを一撃で殺《や》る魔物がいるって……やっぱ魔境じゃねえかここ……」

と、そこで施工管理技士の一人が思わぬ誤解を始めたので、俺は慌てて説明をくわえることにした。

「安心してください。さっきの馬を倒したのはインフェルノ大陸の魔物じゃなくて、俺の猟犬です」

そういって俺は岬の先端にいるメタルウルフを指す。

と同時に、俺は魔力信号を送ってメタルウルフをこっちに来させた。

「お手」

更にメタルウルフが仲間であることを示すために、俺に懐いているように見えるポーズを取らせる。

「ほ、ホントだ……」

「あんなヤベー狼をちゃんと手なずけてる……」

「てか、てことはこの方ってこの狼より強いってことだよな？　いったいどんだけ……」

驚きつつも、作業員や施工管理技士たちはメタルウルフを仲間だと認識してくれたようだ。

一件落着したので、メタルウルフには岬の先端に戻ってもらう。

「この猟犬と俺とで安全管理業務を行っていきますので、心置きなく建設作業を進めてください。岬には一匹も魔物をいれさせませんせん」

「「「分かりましたぁ！」」」

そして安全管理体制について説明すると、みんな元気よく返事をしてくれた。

「こんなにヌルい現場になるなんて思ってもみなかったぜ。これで危険地域手当まで貰えるとか最高か？」

「あんまし気を抜くなよ。アシュガーノ岬特有の危険は皆無になったといえるだろうが、普通の建設現場の事故みたいな危険性までなくなったわけじゃないんだ」

浮かれる現場作業員に、すかさず施工管理技士がそういって釘をさす。

ま、高所から落ちた程度の怪我はパーフェクトヒールでどうとでもできるがな。

などと思いつつ、俺はジャスミンとともに現場から少しだけ離れた場所に移動する。

そしてあらかじめ作ってもらっていたプレハブの櫓《やぐら》を収納魔法で取り出し、その中での見張り作業が始まった。

◇

櫓にて。

暇を持て余した俺は……この時間を活用して魔道具でも作っておくことにした。

今回作るのは、空中偵察機と無人潜水艦。

目的は、警備体制の更なる強化だ。

といっても……メタルウルフのように、攻撃能力を搭載したものを作るわけではない。

今回作る魔道具は、攻撃魔法の中継器のようなものにするつもりだ。

要は、例えば俺が竜閃光の魔法陣と必要な魔力を魔道具に転送したら、魔道具から竜閃光が放たれる……といったようなものを作ろうというわけだ。

理由は二つ。

一つ目は、今の手持ちでメタルウルフが太刀打ちできないような魔物を倒せる性能の攻撃用魔道具を作るのは、なかなか骨が折れるからだ。

付与する魔法陣をより高度で複雑なものにすればそういった性能の魔道具も作れるが、そういったものを作るには時間がかかってしまう。

つまり、即戦力の強化には向かないのだ。

そしてもう一つの理由は、こういった魔道具を作っておけば不意打ちがしやすいからだ。

魔物は基本的に、魔石の質や消費エネルギーの多さで敵の脅威度を測っている。

つまり今までに手に入れた魔石で作った魔道具は、より強力な魔物からは魔石の質的に脅威とはまず見なされない。

その上、定点固定のための最低消費エネルギーで運用しているとなると、魔道具は魔物からは「寝ている雑魚」のように判定されるわけだ。

そんな魔道具を、一撃必殺級の攻撃魔法の中継地点にしてやれば……不意打ちとなって、俺が直接攻撃するより遥《はる》かに攻撃が当たりやすくなる。

要は強敵の対処を簡単にしやすくなるわけだ。

現状、海中の警備がザルなので、まずは無人潜水艦から作る。

魔石に魔法陣を刻み、錬金魔法で作った必要なパーツをくっつけると、無人潜水艦が完成した。

「それ……何を作ったの？」

「攻撃魔法の中継器だ。これは海中用だな」

質問してきたジャスミンにそう答えつつ、崖まで歩いていって無人潜水艦を放つ。

目を閉じると、潜水艦につけた感覚共有機能により水中の様子が映し出された。

とりあえず、なんかでっかい変な色のタコが映っていたので竜閃光を転送してみる。

無事竜閃光は転送され、潜水艦から放たれた一撃でそのタコは絶命した。

「うわ……ミニチュアクトゥルフが浮かび上がってきた……。あれやったのよね？」

「ミニチュアクトゥルフっていうのか。かわいい名前だな」

「馬鹿言わないで。あれでも一匹で海軍をボロボロにした過去を持つ種の魔物なのよ」

ついでに収納魔法の転送も試してみると、無事俺はミニチュアクトゥルフを収納することができた。

それが終わると、櫓に戻って今度は空中偵察機を作成。

こちらは二機ほど作って浮かべることにした。

現状敵は一掃してしまっているので、試す相手がいないが……なんか来たらそのとき試し撃ちしてみるとしよう。

◇

建設作業が始まってから、一週間が経過した。

この一週間で……俺は一つ、確信を得ることができた。

それは、「インフェルノ大陸の魔物は思っていたよりだいぶ弱い」ということだ。

遠隔攻撃と不意打ち要員を兼ね、せっかく無人潜水艦と空中偵察機を作ってみたはいいものの……

そもそもメタルウルフに倒せないような敵がやってくることが、この一週間一度として無かった。

流石に超音波攻撃は地上から水中に撃つと減衰してしまうため、海中の魔物は俺が処理する必要があるが……そもそも魚類系や軟体動物系の魔物は、陸に上がってこない。

そのため俺が対処する必要があったのは、海を泳いでやってくる両生類型の魔物だけだった。

そしてそいつらも、基本的に竜閃光が一発あれば死ぬ。

そんな状況故に……俺はある日を境に、櫓ではなく支社から見張りを行うようにすることにしていた。

どうせ支社からアシュガーノ岬までは飛べば一分くらいで着くので、仮に俺本人が近接戦闘をしなければならないクラスの魔物が来たとしても、遠隔妨害とメタルウルフで時間稼ぎしている間に移動して戦うことが可能。

ならばいっそ、現場にいる必要すらないのではないかと思い、支社のオフィスでゆったりと過ごしながら防衛業務を遂行することにしたのである。

ちなみにそんな状況を見て、支社のスタッフの一人が「もはやハダルさんがいれば要塞すらいらないのでは……？」とか言い出したが、正直俺はそれには反対だ。

なぜなら今のスタイルは、属人性が高すぎるからだ。

あらゆる仕事というのは、最終的に「誰がやっても同じ成果が出せる」というところまでシステム化するのが望ましいからな。

国防の拠点となれば尚更《なおさら》だ。

俺がいないとダメという状況はあくまで通過点とし、要塞そのものによって安全が確保される状況に持っていくのが、やはり肝心だと言えるだろう。

俺だって、インターンくらいの期間ならいいがこれを一生の仕事にはしたくないしな。


というわけで、今日も今日とてオフィスにて目を閉じて遠隔攻撃用魔道具と感覚共有していると……突如として、聞き慣れた声が。

「おや？　ハダル君、なぜここに」

目を開けると……そこにはライト社長が立っていた。

そういえば、今日は支社に社長が訪問する日だったか。

「こんな感じで遠隔攻撃用魔道具を設置して、岬を狙う魔物を倒せるので、現場にいる必要がないと判断したからです」

などと答えつつ、光魔法によるホログラム投影で現場や海中の様子を映し出す。

現在空中には敵がいないので、無人潜水艦に竜閃光を転送し、そこら辺にいたミニチュアクトゥルフを一体倒して実演もして見せた。

軟体動物系の魔物は陸に上がってこないので放置していたのだが、そのおかげで実演用の攻撃対象が残っていたので良かったな。

「むぅ、今倒したのはミニチュアクトゥルフか……？　それを一発でとは、とんでもない攻撃力だな……」

そんな感想を口にしつつ、ライト社長はホログラムに映る光景に目を白黒させる。

かと思うと、こんなことを言い出した。

「その魔道具……もし良かったら、弊社用に買い取らせてはもらえないか？」

……え？

ただの中継器を買い取って、何をするんだろう。

「何に使うんですか？」

「要塞に配備する兵器としてだな。本来別の魔道具を発注するつもりだったんだが、どう見ても明らかに今の魔道具の方が性能が良いのでな……」

と思ったら、どうやら社長は中継器自体が高度な攻撃性能を有していると勘違いしたみたいだった。

「あれはただの攻撃魔法の中継器で、俺自身の攻撃魔法を転送して放っているので、魔道具自体の攻撃力は皆無ですよ」

「そ、そうだったのか……。それは残念だが、確かによく考えたら魔道具であんな攻撃力が出るはずもないか……」

魔道具の解説を聞いて、社長は若干肩を落とす。

しかし……今の社長の発言、若干気になるところがあるな。

竜閃光くらいの威力の魔道具兵器なら、作ること自体は可能なはずだ。

まだ実物は作っていないが、より質の良い魔石と専用の付与魔法陣を用いれば、速射竜閃光と同程度の威力・連射性能を持つ魔道具が作れる。

それなのに、「魔道具であんな攻撃力が出るはずもない」って……いったいどの程度の攻撃性能の兵器を設置するつもりだったのか。

事業計画書には「専用の兵器を配備する」とだけ記載されていたので、そこらへん深く話を聞いてみよう。

「あれくらいの攻撃力でよければ、時間さえあれば作れますが……参考までに、どんな兵器を配備する予定だったのか見せてもらえますか？」

何か資料でも見せてもらえればと思い、俺はそう聞いてみた。

「本当か!?　そうだな、弊社で採用しようと思っていた兵器は……これだ」

すると社長はうってかわってテンションを上げつつ、鞄《かばん》から資料を取り出して見せてくれる。

それを見た俺の感想は……言っちゃ悪いが、「マジか」と思ってしまった。

というのも……ここに記載されている兵器の威力、インフェルノ大陸からやってくる魔物のレベルに見合ってなさすぎるのだ。

どれくらい火力不足かというと……ラッシュタートルを一体倒すのに、千発の攻撃を当てないといけないレベル。

せっかく要塞が完成しても、肝心の迎撃機能がこの程度では、魔物の襲撃を抑えきれず要塞を崩壊させられるのがオチだろう。

俺が安全管理業務を引き上げてから一年持つかも怪しいレベルだな。

要塞の代わりに、今ある魔石を全部使ってメタルウルフの群れでも置いておいた方がマシなレベルだ。

「これじゃ流石に焼け石に水では？」

「うう、ハダル君にそれを言われると……」

思わずツッコんだら、社長はバツの悪そうな表情を浮かべる。

そして、懇願するようにこう頼んできた。

「お願いだ。もっと性能の良い兵器が作れるなら作ってくれ。国に兵器購入用の予算の増額を要請した上で全額ハダル君に払うから……！」

……そこまで言うか。

国まで巻き込んで大量の予算を払ってもらうとなると、下手な武器は作れないな。

メタルウルフなんか納品したら、手抜きもいいとこだろう。

「善処します」

となると……まずは質の良い魔石のゲットからだな。

岬の防衛をしているだけではなかなか手に入らないが、幸いなことにアテならすぐそこにある。

そう、インフェルノ大陸に乗り込むのだ。

岬に来るのはどうせ縄張り争いに負けた「インフェルノ大陸の中の負け組」だろうから、本土にはもっと強い魔物がいること間違いなしだろう。

中には俺じゃ太刀打ちできない魔物がいる可能性も十分にあるので、油断はできないが、うまく探せばちょうどいい具合に強い魔物の魔石がゲットできるはずだ。

捕らぬ狸《たぬき》の皮算用で二つ返事をすることはできないが。

手頃な魔石が手に入れば、兵器の納品の方も正式に契約するとするか。

◇

社長訪問の日以降の、最初の週末。

ようやく現場が休みの日が来たので、俺はこの機にインフェルノ大陸に行ってみることにした。

岬の先端で竜化の術を使い、インフェルノ大陸の方角に向かって空を飛ぶ。

あまり距離も離れていないので、ものの数分もしたら到着することができた。

インフェルノ大陸に着陸すると、人間の姿に戻る。

そして探知魔法を発動し、索敵を開始した。

少しずつ、慎重に大陸の内部へと歩みを進めていく。

しばらくすると……俺は不思議な現象に気づくこととなった。

どういうわけかは知らないが……探知魔法に映る魔物の反応が、俺を避けるように移動するのだ。

まるで俺に会いたくないとでも思っているかのように。

俺が通過する瞬間だけ縄張りを離れ、通り過ぎたら元の場所に帰ってくる、そんな魔物ばかりなのだ。

……まさか、逃げられてるのか？

たとえばギガントフェニックスと同程度の戦闘能力で、知能がギガントフェニックスより高い魔物なんかがいたとしたら……そういう魔物は俺を「勝てない相手」と判断し、エンカウントしないように立ち回ることも考えるだろう。

もしかして、ここにいるのはそんな魔物ばかりなのか。

困ったな。それじゃ狩りにならないんだが。

しかし……よくよく考えてみれば、自分から逃げてくような魔物をとっ捕まえたところで、さして良い魔石が手に入るとは考えにくいか。

むしろ「逃げない魔物」を基準に討伐する相手を選ぶくらいでちょうどいいのかもな。

となると……やるべきことはただ一つ、ひたすら奥に進むだけだな。

というわけで、俺は再度竜化の術を使い、百キロほど奥まで移動してから狩りを再開することに決めた。

◇

先ほどの場所から百キロ奥の地点にて。

探知魔法に引っかかった最寄りの魔物を倒すべく、そこに向かおうとしてみると……今度は、その魔物は持ち場を離れようとしなかった。

どうやら思惑どおり、奥にはより強い魔物がいたようだ。

大陸の端っこの魔物たちとは違って、物怖《ものお》じしないでいてくれてるな。

……もっとも、ただ知能が低いだけというケースも考えられなくはないが。

そっちでないことを祈っておこう。

肉眼で見えるくらいまで近づくと……そこには身長五十メートルくらいの、全身が青白く燃えるゴリラがいた。

試しに竜閃光でヘッドショットを狙ってみるも……若干躱《かわ》されて肩に着弾してしまい、致命傷とはならず腕を一本飛ばすのみで終わってしまった。

……いいぞ。竜閃光一発で死ななかったのはお前が初めてだ。

しかも、だからといって倒せないほど強いわけでもないときた。

まさに俺が求めていた、ちょうどいいレベルの魔物だ。

追加で三発ほど竜閃光を放ってやると、うち二発でだいぶ敵の機動力を奪えていたおかげか、三発目でヘッドショットが決まり、討伐に成功した。

ありがたく死体ごと回収させてもらおう。

デカゴリラを収納し終えると……更に俺は、この周辺でもう少し狩りを続けることにした。

次に向かうと決めた先の魔物も逃げる気配はないので、ソイツと戦うことに。

今度は……そこにいたのは、なんか変な雲みたいな乗り物に乗って一本の棒を構えている、身長一・六メートルくらいの猿だった。

さっきのデカゴリラからすると随分な落差だな。

とりあえず、竜閃光を放ってみる。

しかし今度は、造作もないといった感じでヒョイと避けられてしまった。

……少なくとも敏捷性はさっきのデカゴリラよりは上か。

攻撃もクソ速いかもしれないし……一応、身体《しんたい》強化魔法くらいは使っておいた方が良さげだな。

そう判断した俺は、身体強化魔法を発動する。

と、そのとき……猿は、自身が持っている棒を俺めがけて高速で伸ばしてきた。

「……ぶね」

あの棒、伸縮自在なのかよ。

てかやっぱ速度やばかったな。身体強化発動前だったら避けれてたかどうか微妙だったぞ。

などと考えているうちにも……今度はその猿は、乗り物の雲を操り、縦横無尽に俺の周りを飛び始めた。

……アレか。あの雲か、竜閃光を避けるほどの敏捷性の源は。

再度俺は竜閃光を一発放ち……雲を破壊した。

ま、いくら速くても、速いってことさえ分かってればこのように偏差射撃でどうとでもなるんだがな。

乗り物を失った猿は、うまいこと受け身を取って地面に着地する。

しかし……直後、猿は大きく息を吸って煙を吐き出し、同じ雲を新調してしまった。

乗り物は無限再生か。

となると……しょうがない。偏差射撃で本体を狙って、正々堂々と体力を削っていくしかないようだな。

矢継ぎ早に繰り出される棒の伸縮攻撃を避けつつ……速射竜閃光で猿を偏差射撃する。

全弾着弾したというのに……完全に息絶えさせるまでに、五十発もの速射竜閃光を要してしまった。

敏捷性だけじゃなくて、タフさもデカゴリラより上だったな。

何というか、別に倒せないことはないのだが、結構面倒な敵だった。

今のスタイルで戦うのも悪くはないんだが……正直言って、敵一体に速射竜閃光を五十発も消費するのは、魔力消費的な観点から言うと結構非効率的だ。

別に速射竜閃光で倒さなければならない縛りがあるわけでもあるまいし。

次、同種の猿に会ったら……お母さんが理論だけ作って自分では実用化できなかった魔法を一つ解禁して、サクッと片付けるとするか。


といっても別に、三発撃ったら魔力が底をつくようなレベルの魔法を解禁するわけではないが。

流石にそのレベルは、さっきの魔物相手でも完全にオーバーキルだ。

……というか、速射竜閃光五十発分以上の魔力消費の魔法なんか使ったら本末転倒だしな。

今俺が使おうと思ってるのは、術式こそ速射竜閃光とは比較にならないほど複雑だが竜の息吹二発分くらいの魔力消費で撃てる魔法だ。

まあその魔法を使うかどうかは……そもそもさっきの猿レベルの魔物がまだ他にいるかにもよるんだが。

などと考えつつ、さっきの猿の死体を収納する。

そして、次なる魔物を目指して移動を開始した。

奇しくも……次に見つけたのは、さっきと同じ、雲に乗った猿の魔物だった。

じゃ、いきますか。

術式を組むと……目の前で、全長四メートルほどの巨大なロケットランチャーが具現化された。

それを肩に担ぎ、照準を合わせ……そして、引き金を引く。

すると……ロケットランチャーから眩《まばゆ》い光線が放たれ、視界は一瞬ホワイトアウトした。

あまりにも眩《まぶ》しくて何も見えないが、探知魔法から反応が消えたので、討伐できたのは確実だ。

あの猿も、流石にこの射撃を避けきることはできなかったみたいだな。

引き金を引いてから約三秒後……ロケットランチャーは、無数の光の粒子となって消えた。

まあこれは魔道具ではなくあくまで攻撃魔法のエフェクトだからな。

一度作ったからって残るものではないのだ。

今俺が使った技は……「魔素加粒子砲」。

魔法で具現化した専用のランチャーから、光速以上に加速された高エネルギーの魔素の塊を射出する攻撃魔法だ。

光より速いのだから、引き金を引く瞬間を「見て避ける」ことは物理的に不可能。

引き金を引くタイミングを先読みでもされない限り、照準が合った瞬間に撃てば命中するのが、この攻撃魔法の大きな利点の一つである。

その上……威力は最低出力でも竜の息吹の百倍に上る。

消費魔力はたったの二倍なのにもかかわらず、だ。

それでも消費魔力がちょっと多いことに変わりはないし、何より雑魚相手だと魔石ごと蒸発させかねないので、普段使いは竜閃光の方にしているが。

速射竜閃光の乱射でいい勝負になる敵となると、やはりこっちの方が圧倒的に便利だな。

などと考えつつ、魔石を回収する。

要塞に五～六基くらい兵器を設置すると考えると……あと四体くらいは今の猿の魔物と同格の奴を倒しておきたいところだな。

◇

それから約一時間半後。

俺はもう四体猿の魔物を倒し……目標としていた数の魔石を集めることに成功した。

これで材料は揃《そろ》ったので、正式に兵器の納品の方も契約することができるな。

などと考えつつ、アシュガーノ岬に戻るために竜化の術を使おうとする。

が……術式を組んでいる途中で。

突如俺は……こんな声を耳にしてしまった。

「そ、そこの方……はじめまして！　あの、オラのこと舎弟にしてください！」

……ん？

一体何だ。

　まあデカゴリラを倒したあたりから、つかず離れず俺と二キロくらいの距離を保っている反応があるなあとは思っていたが。

　最後の猿を倒している間に、近くに来ていたのか。

　にしても……こんなところに人間がいるのだろうか。

　――いや待てよ。

　よくよく考えれば、さっきの声、竜語で話してたよな。

　声のした方向をよく見ると……そこには一体の迷彩色のドラゴンがいた。

　コイツか。

「えと……しゃ、舎弟……？」

　とりあえず俺は、そう聞き返す。

　竜語にも方言があって、俺が知ってるのと全然違う意味で言ってるとかなら話は別だが……俺が知る限り、「舎弟にしてください」は決して初対面の相手に言う言葉ではない。

「そうっす！　実はさっきからずっと戦うところを見てたんすけど、あまりのカッコよさに痺《しび》れたんすよ！　良かったらアニキと呼ばせてください！」

　……どうやら「舎弟にしてください」は、そのままの意味だったようだ。

「あ、う、うん……」

「アザマッス、アニキ！　あのグレートトセイテンをああも一方的に瞬殺できる者なんて見るの初めてで……マジでリスペクトなんっすよ！」

「グレート……セイテン？　あの飛ぶ猿、そんな名前なのか」

「正式にはグレートセイテン及びキントクラウド＝ニョイスティック連合三位《れんごうさんみ》っすね。クソ長いんでだいたいみんなグレートセイテンって呼んでるっす！」

何なんだよ名前に「及び」が入ってるって……。

名付けた奴のネーミングセンスを疑ってしまうな。

というか……なんか勢いに押されて、アニキ呼びを許容してしまったんだが。

なんなんだこのテンション……。

「君はグレートセイテンは倒せないのか？」

「残念ながらオラの実力じゃ、戦ったらどっちが死ぬか分からないっすね。だから基本的にドラゴンとグレートセイテンは、お互いのために極力戦わないようにしてる感じっす！　一昔前だったら、アニキみたいに瞬殺はできないにせよ、マイナ様あたりがグレートセイテンを完封できていたんっすが……」

「マイナ様？」

「かつてこの大陸に住んでたドラゴンの長老っす！　まあ二千年前くらいに『旅に出ます。探さないでください』って置き手紙置いてってから、消息がサッパリ分からないんすけどね」

とりあえずなんか話そうと思って適当に質問してみると、この大陸の一般的なドラゴンとグレートセイテンはだいたい同じくらいの実力っぽいことが判明した。

あと、マイナ様とかいうちょっと強めのドラゴンがいたことも。

「てか……オラの記憶が間違ってなければ、アニキの喋《しゃべ》り方、若干訛《なま》りがマイナ様に似てる気がするっす！　やっぱ強い者同士って、共通点あるんっすね……」

「そうなのか……」

それはちょっと気になるな。

俺の竜語は完全にお母さん譲りなんだが……次に帰省したときには、ちょっと「マイナ様」なるドラゴンについて聞いてみてもいいか。

などと思っていると……今度は迷彩色のドラゴンの方から、質問が飛んできた。

「それにしても、アニキが二体目以降のグレートセイテンを倒すときに使ってた技はちょっとイミフすぎたんで一旦置いとくとして。アニキの竜閃光って、マジで連射速度どうなってんっすか⁉︎　マイナ様のグミ撃ちも相当でしたっすけど、アニキのはその比じゃなかったような……」

「あれは速射竜閃光っていう、竜閃光を高速連射するための魔法だ。そもそも魔法陣からして別物だぞ」

答えつつ、魔法陣をホログラム投影して見せる。

「……なんすかこの魔法⁉︎　術式制御が効かねーんっすけど！」

迷彩色のドラゴンはすかさずそれを真似《まね》しようとして……失敗して魔法を暴発させた。

「竜閃光を元にはしてるけど、魔法制御難易度は竜閃光よりだいぶ上だからな。ドラゴンには扱えない魔法だぞ」

「そうなんす——って、ええ⁉　アニキ、ドラゴンじゃないんっすか⁉」

そして俺がドラゴンではないと知ると、迷彩色のドラゴンはこれまでにないくらい素《す》っ頓狂《とんきょう》な声をあげて驚いた。

……いやいや、どう見ても違うだろ。

「俺は人間だぞ。逆になんでドラゴンだと思ってたんだ……」

「あんなに強力な魔法をバシバシ使ってたら、そりゃ順当に考えて『訳あって人化の術を使ってるんだなー』みたいな判断になるっすよ！」

「いや、純粋に人間だぞ。そういう意味では、高度な魔法制御はドラゴンよりは得意な方だな」

「マジすか、てっきりニンゲンって魔力ミジンコみたいな奴ばっかりかと……アニキみたいなスゲーのもいるんすね！」

俺が人間だと知っても……迷彩色のドラゴンは尚、目をキラキラと輝かせる。

「でもニンゲンってことは、あっちの大陸住みなんすか？」

「ああ、そうだが……」

「ぜひ案内してください！」

そして、アシュガーノ岬についてくる流れになってしまった。

なんか断りづらいな……。

でもドラゴンなんて連れ帰ったら、アシュガーノ半島の人々にどう思われてしまうことやら。

「いいけど、泊まるとこ無いと思うけどなあ……」

「オラがニンゲンの姿になれば万事解決っスよね？」

……まあそれならいいか。

ゼルギウス側の大陸にいるときは人間の姿でいてもらうって約束なら。

「そこまでしてついてきたいならまあ……」

「分かりました！　やるっす！」

迷彩色のドラゴンは二つ返事でそう答え、即座に人化の術を発動した。

すると……数秒後、目の前には十五歳くらいの見た目のツインテールの少女が。

……マジかよ。さっきの口調で女の子だったのか。

「行きましょう！」

というわけで、俺たちは揃ってインフェルノ大陸からアシュガーノ岬に移動することに決まった。

……って、飛んで帰るなら結局一旦ドラゴンの姿にならないといけないいか。

人化してもらった手前申し訳ないが、一旦元に戻ってもらわないとな。

いや……待てよ。

そうしなくても、グレートセイテンが乗ってた雲にでも乗ればいいのか？

一応戦利品として収納してあるし。

「じゃ、これ」

そう言って俺はグレートセイテンの雲を二つ取り出し、うち一つを迷彩色のドラゴン（人化の術使用中）に渡した。

「お、グレートセイテンの雲っすね？　一度乗ってみたかったんすよ地味に……」

雲に乗ると……俺たちはアシュガーノ岬の方角目指して飛び始めた。

最高速度は、俺の全力飛翔の二分の一程度のようだ。

移動中の魔力消費がゼロという利点はあるが、急ぎのときはやっぱり竜化して全力飛翔する方が良さそうだな。

「ちなみに名前なんていうんだ？」

なんか長い付き合いになりそうなので、今更ではあるが一応名前を聞いておく。

「フランソワっす！　改めてよろしくっすアニキ！」

などと話していると、アシュガーノ岬が見えてきた。

まーこいつは……気が済むまで居させりゃいいか。

別に一定期間宿をもう一部屋とる程度のお金はあるし。

フランソワさえその気になれば、宿代と引き換えに警備を手伝わせるのもいいかもしれないな。

◇

次の日。

朝起きて食堂でご飯を食べていると……隣の席に、フランソワがやってきた。

「アニキ！　稽古つけてもらえませんか？」

かと思うと……開口一番彼女が発したのは、そんな頼み言。

……いや、俺これから出勤なんだが。

一瞬、俺はどう返事したものかと迷った。

まあ、ついてきた理由が「グレートセイテンを瞬殺できるほど強いから」である以上、自分を強くしてほしいと思ってるかもとは薄々思っていたが。

そもそもフランソワには一方的に慕われてるだけだし、別にそれに付き合ってやる義理はないんだよな。

だから普通に断ってもいいのだが……そうだ。

どうせなら、その頼みは聞くとして何か交換条件をつける、って方が建設的だな。

「そうだな。今からすぐにというのは、俺も予定があるから無理なんだが……。もしよかったら、インフェルノ大陸——フランソワの出身大陸からこっちの大陸に出ようとする魔物を、向こうの大陸の沿岸で張って片っ端からやっつけてくれないか？　それをしてくれたら、夜にでも時間をとって修行に付き合うよ」

俺はフランソワに、安全管理業務を手伝ってもらえないか頼むことにした。

現状は、インフェルノ大陸から来る魔物をアシュガーノ岬で迎え撃つ形での防衛しかしていないが……そもそもインフェルノ大陸から出ていく魔物をその時点で間引いてしまえば、来るものが来なくなる。

その分、俺が倒さないといけない魔物が減るわけだ。

飛来するものについてはメタルウルフに対処させているとはいえ……泳いでくる両生類型の魔物は、今も俺が竜閃光で処理しているからな。

その回数が減れば……海の様子をチラチラと確認する頻度も下げれて、商談などを並行してやる際集中しやすくなるだろう。

特に今日は、これから納入しようと思っている魔道具兵器について説明しに行ったりする予定だしな。

打ち合わせの最中に余計な意識が取られないで済むのは、ありがたいことである。

「そ、そうっすよね……オラの頼みを聞いてもらうには、まずアニキの役に立たないとっすよね！分かりました、蟻《あり》んこ一匹逃さないっす！」

フランソワは、この交換条件を快諾してくれた。

「ありがとう。じゃあこれ、移動手段」

「行ってきます！」

グレートセイテンの雲を一つ渡すと、フランソワは威勢よく返事をして宿を出ていった。

さあこれでご飯の続きを――と思ったら、立て続けに今度は別の声が。

「さ、さっきの女の子、一体誰……？　随分と慕われてたようだけど」

振り向くと、そこにはジャスミンがいた。

どうやらフランソワと話しているところを見られていたようだ。

……はて、どうやって説明するか。

「ここだけの話だぞ」

インフェルノ大陸のドラゴンがいるとか、噂になるのも正直アレなので……まず俺はそう前置きしてから、説明を始めることにした。

「な、何よ」

すると……なぜかジャスミンは、ちょっと不機嫌そうにそう言った。

昨晩悪い夢でも見たのかな？

「あの子は人化の術で変身中のドラゴンなんだ。昨日インフェルノ大陸に行ってきたんだが、そのときに出会ってからなんかついてきちゃってな……」

「イン……ええええ⁉」

かと思うと……ジャスミンは俺の説明を聞いて、思わずこれまでにないくらい素っ頓狂な叫び声を上げた。

おいここ食堂だぞ。そんな大声をあげないでくれ。

「ちょ……ど……どういうことなのよ！　いくらハダル君とはいえ、あっち側に乗り込んじゃうなんて無謀な……」

「そうでもなかったぞ。というか、こっちに来る魔物が思ったより弱かったからこそ、攻め入っても大丈夫だろうって思ったんだし」

「思ったより弱かったって……。凄《すご》く余裕そうだなとは思ってたけど、そんなふうに思ってたのね。で、なんでそれでドラゴンがついてくるのよ」

「自分に倒せない魔物を瞬殺する姿を見て痺れた、とか言ってたな。稽古をつけてほしいとかいうもんだから、岬の警備を手伝ってくれるなら相手してやるって言ったんだ」

手で声量を抑えるようジェスチャーしつつ、そんなふうに経緯を話す。

「そ、そうなの……。インフェルノ大陸のドラゴンにリスペクトされるとかホントどうなってるのよ……」

ジャスミンは頭を抱えながらため息をついた。

それからしばらくして、ジャスミンが自分が頼んだ食事を受け取って席に戻ってくると。

「でも、何のために乗り込んだのよ。あくまで安全管理が業務内容なんだから、倒せるからって行く必要なんてないはずじゃ……」

彼女はそんなことを聞いてきた。

そういえば、ジャスミンにはまだ兵器の納品のこと話してなかったな。

ライト社長の娘なんだし、この機に話しておくか。

「そのことなんだがな。実は俺、要塞に配備する兵器の納品もやることになったんだ。それでもっと質の高い魔石が欲しいと思って、材料集めのためにインフェルノ大陸に行ってきてな」

まずは簡潔に、概要をそんな感じで話した。

「あのインフェルノ大陸をまるで宝島みたいに言うのね……」

するとジャスミンは、半ば呆れたような声でそう呟く。

「……魔石は無事取ってこれたの？」

「ああ。割と満足のいく質のが何個か取れた。材料は揃ったから、今日はこれから正式にどんな魔道具を納品しようと思っているか話しに行くつもりだ」

「なるほどね。その話は私も聞くわ」

「ああ、支社に着いたら詳しいことを話そう」

お互い朝食を食べ終えると……早速俺たちは、アシュガーノ支社に出発することにした。

「でもさっきの女の子、思ってたのと違って良かった……」

その道中……ジャスミンはポロっと、そんなことを呟いた。

思ってたのと違ったって、いったい何の話だろう。

ま、良かったんなら別にいいか。


アシュガーノ支社に着くと……早速俺たちは、ライト社長と商談をすることになった。

ちなみになぜまだ社長が滞在しているかというと、前回の打ち合わせの際俺が「材料面など、作れそうな目処《めど》が立ったら正式に契約しましょう」と言ったところ、社長の方が「なら時間が許す限り、目処が立つのをここで待つ」と言ったからだ。

通常は、支社の訪問で何日も滞在することは少ないらしいんだがな。

今回は特例で、この日を待ってくれていたのである。

「それで……要塞に配備する兵器は、作ってもらえそうか？」

商談が始まると、早速社長は単刀直入にそう聞いてくる。

「はい。一応、想定している魔道具のコアたり得る魔石を何個か調達できました」

俺はそう答えつつ、収納魔法でグレートセイテンの魔石を取り出し、机の上に並べた。

「随分と立派な魔石だな……。インフェルノ大陸から岬にやってくる魔物の魔石より一回り、いや二回りは質が良さそうだ。……こんな物、いったいどこで？」

ライト社長のその質問には……俺より先に、ジャスミンが答える。

「インフェルノ大陸まで行って取ってきたらしいわよ。聞いたときはびっくりしすぎて心臓が止まるかと思ったわ……」

「な……！　わざわざそんな危険なことをさせてしまって申し訳ない」

それを聞いて、ライト社長は動揺した声でそう言いつつ頭を下げた。

「危険ってほどじゃなかったですよ。ちょっとだけ奥に進んだぐらいまでしか行きませんでしたが、その辺りには瞬殺できない魔物はいませんでした」

あまりに申し訳なさそうにしているのが逆になんか申し訳ないので、安心させるべく俺はそう答える。

「ちなみにどんな魔物を倒したの？」

すると今度は、興味本位でジャスミンがそんな質問を。

「主にグレートセイテンだな。ここに並べた魔石は、全部グレートセイテンから取ったものだ」

「グレート……セイテン……!?　それ実在の魔物なんだ……。神話でしか聞いたことなかったんだけど」

どうやらこっちの大陸では、グレートセイテンは伝説みたいな存在になってしまっているようだ。

まあこっちの大陸に来るのが二千年に一回とかそんなレベルで極端に低かったら、そうなるのも無理はないか。

「と、魔石の話はこの辺にしておいて……具体的に作ろうと思っている魔道具の説明に入りたいのですが」

いつまでも魔石の話に興じていても無意味なので、俺は半ば強引に話題を本筋に引き戻す。

「今回作ろうと思っているのは……『マナプラズマキャノン』と『ドラゴンキャノン』という二種類の魔道具です」

そう言いつつ、俺はホログラムで二つの魔道具の外見を投影した。

「『マナプラズマキャノン』は、威力は最低出力の竜の息吹程度と低めですが際限なく高速連射できる魔道具。『ドラゴンキャノン』は、威力こそ最低出力の竜の息吹の二十倍ほどですが撃てるのは五回限り、クールタイムも二十四時間必要な魔道具です。要は手頃な兵器と有事用の兵器を作ろうと考えています」

それぞれを指しつつ、俺はそう続ける。

「おお……手頃という方の魔道具ですら、想像もつかないような威力だな。ハダル君ならとんでもない威力の兵器を作ってくれるのではと期待してはいたが、まさかここまでとは……」

「最低限それくらいはないと、アシュガーノ岬に襲来する魔物には通用しませんから」

社長は感動している様子だ。

そんな中……ジャスミンは投影された魔道具を見つつ、一つの疑問を浮かべた。

「これ……どうなってるの？　なんか魔石じゃなくて、外についてる箱に魔法陣が彫られているように見えるんだけど」

……もしかして、この手の魔道具を見るのは初めてなのか。

俺はその点についても説明することにした。

「これらの魔道具は、魔石に直《じか》ではなくマギサイトミスリルに魔法陣を刻むものなんですよ」

「「マギサイト……ミスリル……？」」

おそらく社長とジャスミンにとって初耳であろう単語を耳にし、二人の疑問の声がハモる。

「マギサイトミスリルは、魔石とミスリルで作る合金です。マギサイトミスリルの合金で作った板に魔法陣を刻み、板と魔道具のコア用の魔石をオリハルコンの導線で繋《つな》いだら、コアの魔石の魔力が板に送られて通常の魔道具と同様の効果を発揮するんですよ」

そう。マギサイトミスリル板は、いわば魔法制御用の機構を外部化するために用いられるのだ。

「は、初めて聞いたわそんな合金……」

「しかし……なぜわざわざそんなことを？　そんな一手間かけずとも、普通に魔石に魔法陣を刻んでもいいような気がするが……」

ジャスミンがただただ感心する中……ライト社長はそんな疑問を持つ。

確かに、今の説明だけではそう考えるのも無理はないな。

だが……もちろん、これにはちゃんと理由がある。

「利点は主に二つですね。一つ目は、魔石と魔法陣を分離しておけば、魔道具が使い捨てにならずに済むことです。例えば『ドラゴンキャノン』は先ほど、撃てるのが五回限りと言いましたが……それは魔石一つあたりの話で、魔石の魔力が枯渇したら新品に交換すれば、ずっと使い続けることができます」

「な、なるほど……。それは確かに便利だな。もっとも、替えの魔石をどうやって調達するかは問題であるが」

「それくらいならまた必要に応じて取ってきますよ」

例えばフランソワの稽古の一環として、「必要に応じて俺が補助しながらグレートセイテン級の魔物を倒してもらう」とかしつつ、な。などと思っていると、

「でも……それができるなら、ここまでハイクラスな魔石はそもそもいらなかったんじゃ？　例えば岬の防衛の副産物の魔石とかに、ドラゴンキャノンが最低限一発撃てる魔力量があれば……」

今度はジャスミンがそんな疑問を抱いた。

「そのクラスの魔石だと、ドラゴンキャノンを撃つには魔圧——魔力を外に送り出すポンプの強さみたいなものだと思ってくれ——が足りないんだよな。だから魔力量がギリ足りても、撃てない」

「そういうもんなのね……」

その疑問には、ざっくりとそんな感じで答えておいた。

まあ厳密にはちょっと違うのだが、この辺は学園の魔道具作成の授業ででもいつか習うだろうか

らよしとしよう。

と、疑問点も解消したところで、二点目について説明しよう。

「でも……マギサイトミスリルの真骨頂は、そこじゃないんです。一番肝心なのは、二つ目の利点の方――魔石の表面積では到底描き切れないような、複雑で高度な魔法陣を刻めることです」

「魔石の表面積で描き切れない……？」

「複雑で高度な魔法陣……？」

二つ目の利点を口にすると……ライト社長もジャスミンも、ポカンとしてしまった。

「魔法って、高度な術式を用いるほど、一の魔力消費あたりの威力が高くなるじゃないですか。同じことが、魔道具にも言えるんです。人工的な板という広いキャンバスに緻密で壮大な魔法陣を刻むことで、魔石に刻んで発動するのは到底不可能なほど高度な術式を用いることができる。それがマギサイトミスリルの、一番の利点です」

より分かりやすいよう、俺はそう補足した。

「もっと言えば……複数の魔法陣を直列接続し、一つの魔法陣では到底不可能なほど高度な術式を立ち上げることだって可能です。例えば『マナプラズマキャノン』は……千七百層にも及ぶ魔法陣の並列接続でできた多層魔法陣を使うことで、竜の息吹より遥かに少ない消費魔力で、最低出力とはいえ竜の息吹と同等の火力及び竜の息吹を遥かに上回る連射性能を実現しています」

更にそう続けつつ、俺はマナプラズマキャノンのマギサイトミスリル部分を拡大表示して見せた。

――そう。ジャスミンが最初「魔法陣が彫られた箱」と形容したものは、実は箱ではなく千七百枚の魔法陣が刻まれた板を積み重ねたものだったのである。

「うっわ何この魔法陣の量……」

「見ているだけで気が遠くなりそうだな……」

ジャスミンとライト社長はそれを見て、若干引き気味になりながら呟く。

魔道具で高火力兵器を作るなら、これくらいの魔法陣を使って燃費を上げないともったいないからな。

しかしまあ……気が遠くなりそうな魔法陣の量というのは、正直同意だ。

「そこでなんですが……一つ相談がありまして」

「な、何だ？　ハダル君の方から相談とは……」

「もしこの兵器を要塞用に採用してくださるなら……いい魔道具作成業者を紹介してくれませんか？　魔法陣の刻印だけ外部委託したいのですが」

というわけで、俺はそんな相談をしてみることにした。

流石に千七百枚もの超緻密な魔法陣、しかもそれを数セットも自力で刻むのは骨が折れるからな。

マギサイトミスリル板と紙にでも念写した魔法陣の原本だけ渡して、刻印部分をアウトソーシングしようと考えたのだ。

もちろん経費はかかるが、国から下りる兵器購入予算を本当に全額もらえるなら、そこから払う金額なんてたかが知れてるだろうしな。

ライト社長なら、その人脈で何かしらいい企業を知っているかもしれない。

「なるほど、何かと思えばそういう相談か。もちろん、そんなぶっ飛んだ性能の魔道具を採用しないわけがないし……良い知り合いを紹介するぞ」

「ありがとうございます。どなたですか？」

「フジパターンという、客先常駐型魔道具作成請負業者だ。あそこの社長とはよく飲む仲なんだが……忖度《そんたく》無しに、あの企業の従業員数、価格設定、クオリティはどれも他の追随を許さない良さだぞ」

「そ、そうなんですか……」

「もちろんだ。私だって、いくら仲が良くても国家から託された一大事業に変な企業は絡ませられないからな。ひいきで言ってるわけではないので安心してくれ」

聞いてみると……社長はイチオシの企業を紹介してくれた。

フジパターン……そんな企業があるのか。

魔法陣刻印さえ外部に委託しちゃえば、あと俺がやることなんて最後の組み立てくらいのもんになるし。

依頼を出してしまえば、もうこっちは八割方片付いたようなもんだな。

ライト社長と正式な兵器納品の契約を結ぶと、俺はアシュガーノ支社を後にし、フジパターンの営業所に向かった。

そして無事、マギサイトミスリル板への魔法陣の刻印を請け負ってもらえることになった。

魔法陣の複雑さはかつて見たこともないほどだったようだが、描画対象が平面の広い板である分魔石に直より彫りやすいということもあり、「まあ頂いたサンプルどおりに模刻するだけなら何とかできます」と言ってもらえた感じだ。

そうこうしていると、夕方になって建設作業の業務終了時刻になったので、俺は夕食を食べてからフランソワの稽古のためインフェルノ大陸に向かった。

今日行った稽古の内容は、俺が最低限の補助に入りつつ強力な魔物と戦ってもらうというものだ。

俺とフランソワが会った近辺の場所で魔物を探したのだが、残念ながらグレートセイテンは見つからなかったので、代わりに同じくらいの強さの別の魔物と戦ってもらった。

頭は兎《うさぎ》、胴体は人間、足は馬で、手には左右に三日月状の刃のついた変な槍《やり》を持ったケンタウルス系の魔物だったが……確か名前は、セキトホーセンとか言ったか。

とにかく、そのセキトホーセンという魔物を立て続けに二体相手してもらった。

割とハードだったらしいので、我ながらなかなか適切なメニューを組めたんじゃないだろうか。

その日の晩。

俺はセキトホーセンの魔石二個を目の前に、今後のことについて考えていた。

ぶっちゃけ……今日みたいな稽古方式なら、俺が現地に出向くまでもなかったな。

今日やった程度の補助なら空中偵察機越しでも十分行えるので、もう一機追加で偵察機を作ったら、明日からはそれをフランソワについていかせるだけでいいだろう。

そうなると、俺がインフェルノ大陸に行く必要があるのは、俺自身がフランソワの模擬戦の相手をする稽古方式の日のみになる。

そして……それに際し、俺はもう一つ、重大な決断を下そうとしていた。

それは——「そもそも俺がアシュガーノ半島にいる必要がもはやないのではないか」ということだ。

フランソワに安全管理業務の一端を担ってもらうことになった今……元々俺の仕事だったアシュガーノ岬の雑魚処理は、もうほとんどすることがなくなった。

そしてインフェルノ大陸沿岸の魔物の動態や、グレートセイテンが神話の魔物扱いされてたことを鑑みると……要塞完成までに一度でもフランソワより強い魔物が襲ってくる可能性は、ほぼゼロに等しい。

であれば……もはや俺は学園に戻って、中継器の様子だけ一応注意しつつ授業に出席したりしても別にいいのではないだろうか。

そんなふうに思えてきたのである。

どうせ片道一時間くらいしかかからないので、例えばフランソワと模擬戦することになったときとかは、その都度インフェルノ大陸まで飛んでいけばいい話だしな。

もちろん、莫大《ばくだい》な予算を回されて安全管理業務を任されている以上、「万が一」はあってはならない。

確率的にほぼゼロであっても、フランソワが手も足も出せないような魔物の襲来を想定した何らかの対策は取る必要があるだろう。

だが……それについても、実は一つ目処が立っている。

まあ、もう今日はフランソワも寝てるだろうからな。

その検証にはフランソワの協力が必要なので、検証は明日に回す必要があるが。

それができたら、本格的に学園に戻ることを検討するとしよう。

そう思いつつ、俺は眠りについた。

◇

次の日の昼休み。

早速俺は、検証を開始することに。

まず俺は、岬の先端に移動すると……フランソワに同行させている空中偵察機越しに、風魔法でこんな音声メッセージを伝えた。

『ちょっと急に場所が変わってビックリするかもしれないけど、慌てないでくれ。俺の魔法の影響だから』

そして……俺はある魔法を発動する。

すると……一瞬にして、周囲の景色がガラリと変わった。

俺の真横には、フランソワにつけていたはずの空中偵察機が。

「よしっ！」

それを見て、思わず俺はガッツポーズをしてしまった。

どうやら、思っていた魔法はバッチリ使えるようだ。


今俺が使ったのは……スイッチングという<ruby>テイマー用の魔法。

効果は「自分と従魔の位置を入れ替える」というものだ。

別に俺は、特段フランソワと従魔契約など結んではいない。

だから本来、この魔法は発動できないはずだ。

だが……実は特例で、この魔法は、魔物にメチャクチャ慕われている場合、従魔契約なしで発動できるケースがある。

それがワンチャンできないかと思ってやってみたところ、できてしまったというわけである。

これができると分かったところで……俺は確信した。

――俺はもう、アシュガーノ半島にいる必要性がこれっぽっちもない。

というのも……このスイッチングという魔法は、発動した瞬間自分とフランソワの位置が入れ替わる。

すなわちこの魔法が発動するということは、フランソワさえアシュガーノ岬の近辺にいれば、俺がこの惑星上のどこにいようとも一瞬でアシュガーノ岬に来れることを意味するのだ。

いわば、フランソワが瞬間移動の拠点になるようなものである。

仮に学園で授業受けているときに、超フランソワ級の魔物が襲来したとすれば、スイッチングでアシュガーノ岬に瞬間移動して直接討伐すればいい。

これでもう、リスクヘッジは完璧。

アシュガーノ岬の安全管理業務は、超遠隔でのリモートワークを基本にして全く問題なくなったというわけだ。

まあ学園でスイッチングを使ったら、学園に突如フランソワが出現することになってしまうのだが……その点については、教員に事前に許可を取っておけば大丈夫だろう。

グレートセイテンの雲を取り出すと、俺は空を飛んでフランソワのもとに向かった。

「な……何だったんすか今の⁉　アニキ何をしたんっすか⁉」

「スイッチングという魔法だ。俺とフランソワの位置が入れ替わる魔法だから、結果的にフランソワも瞬間移動することになってしまった」

急な出来事に慌てていたフランソワに、俺はそう説明する。

……まあいくら事前にアナウンスしたとはいえ、流石にびっくりはするわな。

「そ、そうなんすね……。でもなんで急にそんな魔法を試そうと思ったんすか？」

「まあ、ちょっとした実験だ」

「実験……？」

「ああ。実は……それに関して、一個言っておかないといけないことがある」

そう前置きすると……俺は今後どうするかについて、考えていることを全て話すことにした。

「俺……本当はここに住んでるわけじゃないんだよな。元々は地図のこの辺にある王都の学園に通ってたんだが、インターン的なもののために一時的にここに来ていてな」

ホログラムで世界地図を投影しつつ……俺はそう話を切り出す。

「実は明日から、王都に戻って学園に復帰しようと考えているんだ。ここでやっていた仕事は岬に来る魔物を撃退することだったんだが、今の実験でもしもの時はフランソワと位置を入れ替えて、いつでも駆け付けられることが分かったからな」

「へえ……え？」

すると……フランソワは一瞬、首をかしげた。

かと思うと……直後、何かを悟ったかのようにその表情は一気に暗くなった。

「て、てことは……オラとアニキ、離れ離れになっちゃうんっすか……」

どうやらフランソワは、俺と離れることが悲しいようだ。

「まあ、距離的にはな。けど昨日みたいな稽古なら、今朝ついていかせた魔法中継器で補助に入るから続けることはできるし。何なら別に片道一時間程度の距離だから、俺と模擬戦をしたいときは来てやることもできるぞ」

「まあ、そう言われればそうっすけど……」

稽古は続けられるということを伝えるも、フランソワは納得したようなしていないような様子。

あー、こういうのはイヤだったか。

と思ったが……直後、フランソワは表情を切り替えてこう言った。

「でも、アニキの役に立てるならオッケーです！」

どうやら、自分なりに心の整理をつけて納得してくれたようだ。

ありがたいが、なんか申し訳なくもあるな。

ちょっとお礼でもするか。

「なんか無理やり納得してもらってすまないな。もしできることがあれば何かしらお礼しようと思うが……何がいい？」

「そうっすね……あ、だったら美味いモンたらふく食いたいっす！」

「なるほど」

それくらいならまあ……多少金を積めば、イアンの伝手《つて》で宮廷料理を手配するとかできそうだな。

こうなってくると……以前はフランソワのことはみんなにはナイショにしとくつもりだったが、建設作業員たちには「俺の従業員だよ」みたいな感じでフランソワのことを紹介しといた方が良さそうだな。

俺が王都に帰るとなると、たとえ理論上は安全性が担保されていたとしても、なんとなく不安な気持ちになる作業員とかは出てくるだろうし。

「インフェルノ大陸のドラゴンに番人を引き継ぐ」みたいに説明しておいた方が、多少はその手の余計な不安は軽減できるだろう。

「じゃあ……ちょっと、俺についてきてくれ。フランソワのことを紹介しなくちゃいけない相手がいるんだ」

「……そうなんっすか？」

昼休憩が終わりに差し掛かる中。

俺たちは岬の最先端から、作業現場へと歩いて向かった。

作業現場に着くと……まず俺は施工管理技士を呼んで、こう頼んだ。

「あの……一旦作業員を集合させてもらうことってできますか？　ちょっと重要な話がありまして」

「重要な話……？　まあ作業再開前の今なら、全員集合させるのは簡単だが……」

無事施工管理技士の協力が得られ、全員を一堂に集結させてもらえることに。

「じゃあ……フランソワはここで待っててくれ。一個やりたいことがあるから」

「お、おす……」

そしてフランソワにそう伝えると、グレートセイテンの雲に乗ってアシュガーノ支社へと向かった。

理由はもちろん、支社の従業員たちにも集まってもらうためだ。

「皆さん、ちょっと大事な話がありまして。今オフィスを空けて大丈夫な人は……俺に掴まってもらえませんか？」

支社のオフィスにて、俺はそんなふうにお願いする。

「ハダル君に掴まってって……一体何するつもりなの？」

「訳あって、一瞬作業現場に来てほしいんだ」

「えっちょっ……まさか全員抱えて空を飛ぶなんて言わないわよね⁉」

事情を説明すると、ジャスミンに変に誤解されてしまったが……別に俺は、そんなことをするつもりはない。

「違うよ。もっと穏便に着くから」

「そう……なの？」

半信半疑ながらも……少しの押し問答の末、一応今手が空いてるスタッフたちには俺に摑まってもらうことができた。

そこで――スイッチングを発動する。

「「「えっ……!?」」」

現場――すなわちフランソワがいた地点に着いた瞬間、驚いて戸惑う支社のスタッフたちの声が重なった。

と同時に現場作業員や施工管理技士たちからも、俺たちを見て驚きの声が上がる。

「うおっ、何か急に大量の人が湧いた!?」

「ていうか、さっきまでここにいた謎の綺麗《きれい》なお嬢さんはどこへ……」

「話は一斉に伝えたいので、魔法で支社の人間を移動させました。……少し待っててください」

それだけ言うと……俺は全員に離れてもらったあと、再度スイッチングを発動した。

そして雲に乗り、現場に飛んで向かう。

現場に着くや否や、施工管理技士の一人がこう質問した。

「い、いったい何をなすったんだ……？」

それを話すにしても……まずフランソワの素性から説明しないと、チンプンカンプンになるよな。

皆フランソワの人化した姿しか見ていない以上、「スイッチングというテイマーの魔法で～」とか言っても混乱と誤解しか生まないだろう。

というわけで、順を追って話すことに。

「それを説明するためにも……まずはフランソワ――この子を紹介させてください」

一息置いて、俺はこう続ける。

「フランソワは、インフェルノ大陸から来てくれたドラゴンです。今は人化の術で人間の姿になっていますが」

「「「い、インフェルノ大陸のドラゴン――⁉」」」

素性を明かすと……ここにいるほぼ全員の声が、そうシンクロした。

「フランソワ、一旦人化を解いてくれないか？」

「了解っす！」

俺が頼むと、フランソワは人化の術を解き……この場に一匹のドラゴンが出現する。

「ほ、ホントにドラゴンだ……」

「なんて威厳だ……圧倒的すぎる……！」

その姿に、ここにいるほぼ全員が口をあんぐりと開けた。

中には若干怯《おび》えてしまっている人もいるようだ。

「あ、安心してください。フランソワは俺がインフェルノ大陸を散策してるときに会って以降、ずっと仲良くしてますから」

「そーっすよ！　アニキの大事な仕事の邪魔なんてするわけないっすから！」

慌てて落ち着かせようとすると、フランソワも再度人化しつつ、そう言ってフォローしてくれた。

「い、インフェルノ大陸のドラゴンがアニキって……」

「最初っからとんでもないお方だとは思っていたが……これに関してはハダルさん、ほんとどうなってるんだ……」

幸いにも……フランソワのアニキ呼びのお陰で、みんなの警戒心は解けたようだ。

じゃ、最初の疑問に答えるか。

「そしてさっきみんなをここに集めるのに使ったのは、スイッチングという魔法です。これは本来、自分と従魔の位置を入れ替える魔法なのですが。別に特段従魔契約を結んだ覚えはないものの……なんかやってみたらできることが分かりました。以来重用してます」

これで瞬間移動に見えた現象についても、納得してくれることだろう。

……と、思っていると。

「そんな魔法が……。俺、テレコミュピジョンを飼って何年にもなるのに知らなかった……」

支社のスタッフの一人が、そんなことを呟いた。

……なんでだよ。

テレコミュピジョンといえば、とにかく飛行速度が速くてどんな遠くでも往来してくれることで有名な魔物じゃないか。

お前一番この魔法が真価を発揮するタイプのテイマーだろ……。

と、それは置いといて。

本題に入らないとな。

「そして皆さんにお集まりいただいたのは……他でもない、安全管理業務に関して重大なお知らせがあるからです。俺は今後……安全管理業務の大部分を、フランソワに代理でやってもらおうと考えています」

そこまで言うと……俺はフランソワに小声でこう耳打ちした。

「最低出力の竜閃光を防げる強度の結界を張ってくれ」

フランソワが結界を展開すると……俺はそこに最低出力の竜閃光を放つ。

「ご覧のとおり、フランソワは俺がよくギガントフェニックスやラッシュタートルを瞬殺するのに使う魔法を防ぐことができます。つまり、フランソワにとってアシュガーノ岬に来るような魔物などは敵ではないということです。実力は十分だということは、お分かりいただけるでしょう」

そんな感じで、俺はフランソワが代理に相応《ふさわ》しいことを軽く実演して見せた。

「流石ドラゴンというだけはあるな……。ハダルさんのあの破壊の象徴みたいな一撃を防ぐとは……」

「ア……アニキはこんなもんじゃないんっすよ！　もっと威力が高くて絶対避けられない、グレートセイテンすら瞬殺する魔法さえ連発できるんっすから！」

作業員の一人が呟いた感想に……なぜかフランソワはそう噛《か》みつく。

「え、グレ……ハダルさんって、神話から飛び出して来た存在か何かなのか⁉」

おい。変なこと言うから訳の分からない推測を立てられちゃったじゃないか。

それもまあ置いといてだ。

「俺、なんだかんだ言ってまだゼルギウス王立魔法学園の学園生ですからね。ライト社長の交渉のおかげで、特別に留年無しでの卒業は確約されたものの……学生時代をこの業務だけに費やすのは何だかなと思っていたんです。なので、この業務はフランソワにほぼ委託し、俺は学園に戻ろうと思います」

そう言って、一旦俺は頭を下げた。

そしてこう続ける。

「もちろん、万が一の時は引き続き俺が対処します。フランソワにも倒せない魔物がアシュガーノ岬を襲いそうなときは……先ほどのスイッチングで岬に瞬時に駆けつけ、ソイツを討伐しますから。その点はご安心ください」

実は……支社のスタッフたちをスイッチングで運んだのは、体感でこういう移動手段があることを分かってもらうという狙いもあったのだ。

ゼルギウス王立魔法学園からアシュガーノ岬まで瞬間移動できるなんて、口で言うだけでは信用されないかもしれないと思ったのでな。

「ドラゴンを従えるほどのお方が、いったい今更学園で何を学ぶというんだ……」

「それな」

俺の話を聞いて、施工管理技士やスタッフたちはそんな感想を口にする。

学園で、というよりは他にもいろんなインターンとかに参加してみたい感じだな。どちらかといえば。

なんだかんだで、まだ建設業と教会くらいしか実地での業界研究ができてないし。

ま、そんな話はどうでもいい。

とりあえず、俺から全体に対し説明しないといけないことは、これで全部話しきったはずだ。

「俺からは以上です。わざわざ集まってくれてありがとうございました。では引き続き、作業の方に戻ってください」

最後に俺は、そう話を締めくくった。

そしてまたスイッチングを活用し、スタッフたちを支社のオフィスに戻す。

フランソワにはインフェルノ大陸沿岸に戻ってもらい……俺は支社で、王都に帰るにあたって必要な諸手続きを済ませた。

ちなみにジャスミンも、これを機に学園に復帰することに決めたそうだ。

支社を後にしてから、チェックアウトを済ませに宿に向かう途中のこと。

ジャスミンは、突然何やらポツリと呟きだした。

「全く……まさかこんなことになるなんて、全く考え付きもしなかったわ」

「……何が？」

「この業務はハダル君にしかできないことだと思っていたら。人材発掘すら、こうも予想の斜め上を行くとはね……」

「それを言うなら竜材だけどな」

エピローグ

宿でのチェックアウトが済むと……王都へと飛んで帰るべく、俺は竜化の術を使おうとした。

が……その直前、ジャスミンがこんなことを言い始める。

「あ……ハダル君。ちょっと待って」

「どうした?」

「今日って確か……」

おもむろにスケジュール帳を取り出し、ジャスミンは今日の日付を確認しだす。

「……やっぱり」

「やっぱりって?」

「今日、ブオーノ村の食祭りの日だわ」

「……ブオーノ村?」

聞いたことない地名だな。

しかし「食祭り」というからには……美味《おい》しい物の屋台がひたすら並ぶ日だったりするんだろうか。

だとしたら、興味あるな。

「……どんな祭りなんだ？」

「その村で年に一回行われる、料理の全国大会よ。決して大きな村ではないのだけれど……伝統的にこの日だけは、全国の腕自慢がこの村に集結し、絶品料理を振る舞って競い合うの」

ジャスミンが言うには、ブオーノ村の祭りは想像していたとおりのもののようだった。

「何十種類もの絶品料理を、心ゆくまで試食できるのよ。一度は参加してみたいとずっと思ってたの。まさか日程が合うとは思わなかったから、今年は諦めていたのだけれど……もし良かったら、ちょっと寄ってもらえない……かな？」

「もちろんだ。聞いてて俺も行ってみたくなったからな」

祭りに参加したがっているジャスミンを、俺は二つ返事で連れていくことに決めた。

「村の場所、教えてくれるか？」

「ええ。ここよ」

ジャスミンが取り出したゼルギウス王国地図で、俺は村の所在地を確認する。

周囲の山や川がそこそこ特徴的な地形なので……飛んでいれば、普通に上空から位置が分かりそうだな。

「じゃ、行こう」

地図を返し、竜化の術を発動する。

「お願いするわ」

ジャスミンが背に乗ったのを確認すると、俺は上空に浮遊した。

そして行きと同じように、自由落下程度の加速度を超えないよう気をつけつつ移動を開始する。

二十五分ほど、高度十キロ程度を保って飛んでいると……俺たちはブオーノ村の上空に到達した。

ジャスミンが「ドラゴンが現れて村がパニックになって祭りが中止になるとまずいからうまいことして」というので、認識阻害魔法で姿が見えないようにしつつ村の近くの平原に着陸する。

ブオーノ村の門を潜ると……こんな声が聞こえてきた。

「料理人の皆さん、エントリーはお済みですかー？　締め切りはあと三十分ですよー！」

それを聞いて……何を思ったか、ジャスミンはこんなことを言い始める。

「良かったらハダル君も出てみたら？　ノリで優勝しちゃうかもよ」

……いや、全国トップレベルの料理人が集結してるんだろ。

そんなの絶対無理だろ。

「それは流石《さすが》に無茶じゃないか……？」

「これ、ルール無用の勝負なのよ。持ち込んだ食材は何を使ってもいいの。正攻法では無理でも……ハダル君なら錬金術で斬新な調味料とか作って、一発逆転も狙えるんじゃないかしら」

いやいや。化学調味料の研究者でもあるまいし。

そんなのパッと思いつくわけが……。

……グルタミン酸ナトリウムがロストテクノロジーと化してたりすればワンチャンあるかもしれないが。

「グルタミン酸ナトリウムって知ってるか？」

「聞いたことないわよそんな調味料。てか、やっぱりアイデアあるんじゃん。だったら参加してみようよ」

……マジかよ。

本当にロストテクノロジー化してたとは。

だとしたら……出てみる価値はあるな。

いや決して本当に優勝が狙えるかもなどと自惚《うぬぼ》れているわけではないが、グルタミン酸ナトリウムがせめて一定の評価でも得られれば……もし食品メーカーに就職したいってなったとき、その実績で選考を有利に進められるだろう。

これはデカいぞ。

なんてったって、食品メーカーといえばワークライフバランスばっちりの超絶ホワイトな業界代表だからな。

「そこまで言うなら」

俺は大会にエントリーすることに決めた。

ガクチカで言えるような結果が残せるといいな。

◇

大会が始まるまでの間……俺は近場で適当に魔物を狩っては錬金魔法でグルタミン酸ナトリウムとイノシン酸ナトリウムを抽出し、下準備を終えた。

そして、数時間後。

「それでは、調理を開始してください！」

魔法で拡声されたアナウンスが鳴り響いたかと思うと……ゴングが鳴り、調理を開始する時間がやってきた。

合図と共に……他の調理人と同様、俺は選手共用の食材置き場へと向かう。

この大会では、野菜や肉、パンや麺といった基本的な食材は大会運営が用意した食材を自由に使っていいことになっているのだ。

俺はそこでジャガイモ、人参《にんじん》、大根、玉ねぎ、オークのバラ肉、キャベツ、ゴボウ、大豆そして小麦を選択し、自分に割り当てられた調理ブースに戻った。

まずは玉ねぎの一部とキャベツ、ゴボウを氷魔法で急速冷凍し、粉砕魔法で粉末状にする。

次に、俺は大豆と小麦の一部に発酵魔法と時空調律魔法をかけ、醬油《しょうゆ》とみりんを作成した。

更に、共用食材置き場には砂糖がなかったので、残りの小麦粉に錬金魔法をかけてスクロースを作成する。

とりあえず、これで下準備が完了だ。

鍋に水を張ると……各種野菜粉末や醬油とみりん、スクロースにうま味調味料を適量入れ、つゆを完成させる。

そこに、魔法で適切なサイズにカットしたジャガイモ、人参、大根、粉末にしなかった玉ねぎ、オークのバラ肉を入れ、火にかけ始めた。

沸騰しだすと……俺は鍋を対物理結界で密封し、即席の圧力鍋にする。

しばらく煮込むと……ようやく仕上げの段階だ。

鍋の中身に滅菌魔法をかけ、無菌状態を作ると……ごく微弱な冷却魔法と時空調律魔法を併用し、ゆっくりと中身を冷ます。

そして、再び鍋の中身を沸騰するまで加熱した。

その作業を繰り返すこと数回。

「……うん。しっかり味はしみてるな」

味見してみるといい感じになっていたので、俺はそこで完成とすることにした。

俺なりに工夫して煮物を作ったつもりだが、果たしてどうなるだろうか。

かなり早めに調理が終わった部類っぽいので……しばらく俺は他の人たちが調理を終えるのを待った。

そして、約四十分後。

ついに……審査の時間となった。

「むぅ……味付けは悪くないのだが、少し胡椒《こしょう》が効きすぎだな。高級調味料は使うほどいいってもんじゃないんだぞ」

「魚介とチーズのクセがバッティングしてますねえ。珍しい食材を使いたいのは分かりますが、珍味は組み合わせに気をつけないと……」

険しい表情をした審査員たちが、俺より前の順番の料理人の完成品に厳しい評価を下していく。

緊張の中、俺の番が来た。

「これは……一体何という料理……だ？　あらゆる国の食文化を徹底的に調べ上げてきた私でも見たことがないが……」

審査員の一人が訝《いぶか》しげにそう言いつつ……煮物を口に運ぶ。

――と、その瞬間。

さっきまで険しかった表情が、嘘《うそ》のように激変した。

「……う、美味《うま》い……！」

その一言に……周囲の料理人たちがざわつき始める。

「な、なあ聞いたか……」

「あ、ああ……。〝美食の番人〟ミシュリン様の口から、『美味い』の一言が……！」

……普遍的な一言がそんなにも珍しいか。

料理人たちの様子に首をかしげていると……ミシュリン様と呼ばれたその男が、こう尋ねた。

「……可能な範囲だけで構わない。どうやって作ったのか、教えてはもらえないか？」

可能な範囲も何も、そもそも俺は料理人ではないので秘伝もへったくれもないが。

「それはですね、まず……」

俺は一部始終を説明することにした。

全て聞き終わると……ミシュリンは頭をかかえながら、こう呟《つぶや》く。

「ダメだ。おおよそ料理のプロセスとは思えない箇所が多すぎて理解が追いつかない……」

これは……どういう評価になるんだ？

待っていると、彼はこう続けた。

「だが、一つだけ分かることがある。それは……この料理が、間違いなく『殿堂入り』に値するものだということだ」

「「で、殿堂入り――!?」」

彼の言葉を聞いて……料理人たちの驚く声がシンクロする。

「すみません、殿堂入りってどういう評価ですか？」

「な……ここまでの腕前をお持ちの方が、それをご存知無い!?　殿堂入りは……すなわち王家の祭事で振る舞われるメニューに抜擢《ばってき》されるということだ。この肩書があれば、本家が作ったものはたとえ一食百万クルルの値でも美食家に飛ぶように売れるんだぞ」

なんか凄《すご》そうな称号とは思いつつも、いまいち値打ちが分からなかったので聞いてみると……ミシュリンは拍子抜けしたような顔をしながらそう答えた。

「なあ、前に殿堂入りが出たのって何年前だよ」

「確か二十年前だったような……」

……もしかして殿堂入り、優勝よりヤバい感じなのか？


そんな感じで……俺の料理の審査は幕を閉じた。

後続が審査されている間は、ギャラリーにいるジャスミンのところに行って待つことに。

「殿堂入りって……。私が出場を勧めたときの自信の無さは何だったのよ……」

「俺もこの結果は予想してなかったんだが」

と、そんなとき……不意に、後ろから声がかかった。

「あの……先ほどの殿堂入りの方」

振り向くと、そこには一人の少女が。

「初めまして、私はトライダイヤ商会の常務取締役《じょうむとりしまりやく》のライヒです。もしよろしければ、先ほど貴方《あなた》が使っていた調味料と思われる数種類の粉、弊社に卸してもらえませんか？」

トライダイヤ……？

あ、なんか聞いたことがあると思ったら例の銀行か。

確かあの銀行、トライダイヤが半分以上出資してる銀行だったよな。

メガバンクに対してそこまでの比率を出せるってことはかなり規模の大きい商会のはずだよな。

「あら、ライヒさんじゃないですか。お久しぶりです」

「あなたは……バンブーインサイド建設のジャスミンちゃんじゃない。久しぶり」

どうやらジャスミンはこの少女と知り合いのようで、そんな挨拶を交わしていた。

ということは……なりすましとか、そういう可能性は排除できるな。

「分かりました。手持ちは少ないですが……」

「全然構いませんよ。私たちも、売れ行きを見て発注量を決めますので」

信頼できそうなので、具体的な契約について話し合うことに。

「ハダル君ったら、なんで料理大会に出て新規事業を立ち上げてんのよ……」

その横で、ジャスミンはため息をつきつつそう呟いていた。


調味料の卸売の契約を締結させたころ……ちょうど他の料理人たちの審査も終わり、試食タイムがスタートとなった。

ジャスミンとライヒと共にひととおり巡ったのだが、どの料理も何故《なぜ》俺が優勝できたのか分からないくらい絶品だった。

祭りが終わるころ、ライヒが大会運営と交渉して余った野菜を入手してきたので、俺はそれを冷凍粉砕して追加納品することに。

夜も遅くなったので、その日はブオーノ村の宿に泊まり、王都には次の日に帰ることにした。

◇

翌日、王都に帰ると……まずは二人で学長室を訪れ、これまでの経緯を説明する。

安全管理業務がリモートワークになったことについて大層驚いてはいたが、業務と並行しての学園への復帰は無事認められることになった。

ちなみにフランソワについては、「アシュガーノ岬の有事の際は俺と入れ替わりで女の子が教室に出現しますが、気にしないでください」みたいな感じで説明しておいた。

フランソワは「少しでもアニキに近づくためにこれからはニンゲンとして生きます！」とか言って常時人化することに決めたらしいので、実はドラゴンだという部分は隠しておいて問題ないだろうと判断したからだ。

形だけ人間の姿にしたからって何の意味があるんだって感じではあるが……まあ本人がその気であることが都合がいいことには変わりない。

それから一週間程度は、ただ普通に学園で授業を受けたりして過ごしていた。

……そんなある日の昼のこと。

「そうだ、ハダル。一個重要な話があるんだ」

いつものごとく、食堂でイアンと昼食を食べていると……おもむろにイアンがそう切り出した。

「なんだ？」

「入学式のとき……重力操作装置のお礼を考えておくと言ったろう？　その準備ができたから……できれば今週末は空けておいてほしいんだ」

……そういえばなんかそんなこと言ってたな。

すっかり忘れてしまっていたが。

「ありがとう、もちろん空けとくよ」

本来は週末はフランソワに会いに行こうかと思っていたが……まあそういうことなら、週末は午前中に軽く遠隔レッスンをする程度にとどめ、来週の平日を自主全休にして振り替えればいいだろう。

◇

予定よりはやく学園に復帰したからといって、単位の確約までも解除されたわけではないからな。

などと考えつつ、俺はそう返事をした。

その週末の、昼十二時前のこと。

フランソワの戦闘を遠隔サポートしつつ、宿のロビーで待っていると……イアンが宿に俺を迎えにきた。

「やあ、ハダル。行く準備はできてるかい？」

「……ごめん、あと三分だけ待って」

十二時に来るって言われてたので、それまでには戦闘終了まで持っていけるかと思っていたのだが。

律儀に五分前に着いてくれたのが、裏目に出てしまったな。

あともうちょっとでフランソワが勝てそうなんだが。

などと思いつつ、俺はそう返す。

「いいけど……何をやっているんだ？　暇そうにしてたように見えたが」

「……舎弟の修行の戦闘サポート、的な」

言葉で伝えようとするとまどろっこしくなりそうなので、俺はそう言いつつホログラムで現地の様子を映し出した。

「ああ、この間言ってた業務委託の相手の子か。随分壮絶な戦闘だな……。というか、この奇妙な戦い方をする猿はいったい？」

「グレートセイテンだ」

「ぐ……グレートセイテン⁉」

イアンは変な声をあげつつ、ホログラムに釘付《くぎづ》けのその目を白黒させる。

「あ、あの魔物実在したのか……。図らずもこんな貴重な場面を目に焼き付けることができるとは。……って、この子よくそんな魔物相手に優勢でいられるな」

「まあ、人化したドラゴンだからね。もともと、グレートセイテンとはタイマンだと五分五分くらいの強さなんだ。だからあんまり補助しすぎると稽古の質が下がるから、こうして最低限即死級の魔法だけを処理したりしてるわけで」

「そんな微調整ができるってことは……グレートセイテン、もしかしてハダルにとっては大した敵じゃないのか？」

「まあ、割と大したことない敵だよ。魔素加粒子砲一発で死ぬし」

「魔素加粒子砲が何かは知らんが、この戦いを繰り広げる奴《やつ》は決して大したことなくはないだろ……」

そんなこんな話しながらフランソワの様子を見守っていると……フランソワの一撃がグレートセイテンの急所にクリーンヒットし、グレートセイテンは絶命した。

「おつかれさん。パーフェクトヒールっと」

フランソワも決して無傷で戦い終えた訳ではないので、最後にパーフェクトヒールを転送しておく。

「すまん、待たせたな。行こうか」

「お、おう……。全く、とんでもない衝撃映像を見せられてしまった……」

ホログラム投影を終了しても尚《なお》、若干呆然《ぼうぜん》としているイアン。

そんな彼に連れられ、俺は宿を出発した。

◇

しばらく歩いたのち……イアンが歩みを止めたのは、豪華な大豪邸の前。

「まさか……ここが会場？」

……俺が王宮に呼ばれるのは遠慮したいなどと言ったばっかりに、こんなすごい会場を押さえてもらうことになってしまったのだろうか。

ちょっとした魔道具をあげただけなのに、なんか恐縮だな。

と、思ったのだが……イアンの返答は、俺の想像を遥《はる》かに超えたものだった。

「ふっ、なるほどそう思ったのか。重力操作装置なんてもらっておいて……ただパーティーに招待して終わりのはずがないだろう？」

「えっ？」

「これは君の家だ。受け取ってくれ」

「……えええ⁉」

なんと……会場どころか、俺の所有物だったようだ。

「じゃ、案内するよ」

心が追いつかない中……俺はイアンに連れられ、全ての部屋を巡ることに。

王国最高級品質のベッド付き寝室、大理石の浴場、煌《きら》びやかな暖炉のある広大な居間……一つ一つの設備全てが、言葉にできないほど豪華だった。

「もちろん、こんな豪邸を一人で管理するのは大変だろうからね。もしメイドを雇うなら、人件費は全額王家が負担するよ。……まあハダルならそれすら魔道具で解決できちゃったりしそうではあるが」

「う、うん……」

あまりにゴージャスすぎて、なんだか説明が頭に入ってこない。

「気に入ってくれたかい？」

「も……もちろん！」

俺はそう返すので精一杯だった。

いや、ヤバすぎるだろ。

こんな所に住むのが許されていいのか。

「それは良かった。正直重力操作装置を貰《もら》っておいて、この程度のお返しじゃ全然釣り合ってないんだけど……僕の発想じゃこれが限界だったから」

……いやいや、だから十分すぎるって。

「ハダルが泊まってた宿よりは、ちょっと学園との距離が遠くなっちゃうんだけどね。それさえ気にならなかったら……」

「それは大丈夫だ。グレートセイテンの雲を移動手段に持ってるからな」

「あの猿の雲があれば秒で着きそうだな……」


しばらくの間、俺は各部屋の家具などの使用感を確かめて回った。

そうしていると……おもむろにイアンがこんなことを言い始める。

「あと、実は今日もう一つ用意してるものがあってね。ちょっと待っててもらっていいか？」

「あ、ああ」

こんなに豪華なものだけでなく、まだ何かあるのか。

などと思いつつ、俺は暇つぶしに実験でもしながら待つことにする。

今回やる実験は、以前試験の際に作ったオリハルコン―アダマンタイト合金製の剣の改造だ。

というのも……グレートセイテンが武器として使用していた棒、分解してみたら見たこともない魔法陣が刻まれたパーツがあった。

それをマギサイトミスリルに転写し、剣の中に仕込んだら……何か新しい武器ができないかと思ったのだ。

結果は大成功だった。

改造剣は、魔力を通すと自在にリーチが変えられる剣になった。

強力かと言われれば微妙だが、不意打ちくらいには使えそうなものができたな。

普段使いはしないだろうが、まあ何かの機会に役立つかも、くらいに思っておこう。

そう思い、剣を収納魔法でしまったとき……。

「待たせたな。準備できたぞ」

イアンがそう言ったので、俺は居間からダイニングルームへと移った。

そこには、数多《あまた》の種類の豪華な料理が。

「ま、まさかこれを……⁉」

「ああ。美味《おい》しそうだろう？」

なんか先週からごちそう続きだな。

などと考えつつ、席に着くと……イアンが得意げにこんなことを耳打ちしてきた。

「実はこの料理なんだけどね……昨日、とある商会から最新の調味料を入手したんだ。まだ一般には流通していないものを王家の特別な伝手《つて》でね。それを少し入れると、料理の旨味《うまみ》が劇的に増すという……」

……それグルタミン酸ナトリウムでは？

うん、せっかく自慢げなところ悪いので黙っておこう。

◇

イアンからお礼をしてもらった次の日の朝。

目覚めた瞬間……俺はなにやら変な気配を感じて、窓から外を覗《のぞ》いてみた。

すると……家のドアの前に、一人の少女がいるのが確認できた。

その真っ赤な髪は三つ編《み あ》みのツインテールで結ばれていて、頭には兎《うさぎ》みたいな耳がついている。

更に三つ編みには、人参が二本ぶっ刺さっていた。

……おいおい、不法侵入か？

ていうか、なんで髪に人参刺してんだよ。

まったく、初日からこんなのに出くわすとはな……。

探知魔法で調べてみても大して強そうではないのだが、一応最小限の警戒はしつつ、ドアを開けてみることに。

すると……うさ耳の少女は俺を見るなり、いきなり大きくお辞儀をした。

「お久しぶりです！　あのとき寿命を延ばしていただいた兎です！」

……はて。

寿命を……延ばしてもらった？

「本来の寿命を超えて長く生きているうちに人間に変化する術を覚えたので、お礼に来ました！」

最初は疑問に思ったが……その台詞《せりふ》を聞いて、俺はハッと思い出した。

お母さんに寿命延長魔法をかける前に試しに魔法をかけた、あの兎か。

「いやいやお礼だなんて……」

そもそも俺、君を実験体にしたんだぞ。

それなのにお礼をしてもらうなんて、ちょっとどうなんだ。

などという考えから、一旦お礼は辞退しようとした。

が……。

「これを受け取ってください！」

少女はそう言うと、髪から二本の人参をぶっこ抜いてしまった。

そしてその人参を、俺に差し出そうとする。

「これ、光雷人参《こうらいにんじん》って言います！　食べるとめっちゃ速く動けて便利です！」

そう言う彼女の目からは、一切の迷いが無さそうなのが感じ取れた。

お礼を辞退なんてしたら逆に悲しませてしまいそうな雰囲気だったので、俺は人参を受け取ることに。

「めっちゃ速く動けて便利な人参を……？」

「一口かじってみてください」

言われるがまま、試しにほんの小さく一口かじってみる。

すると……不思議なことが起こった。

視界に入っていた鳥の動きが、ほぼ停止しているかのようにゆっくりになったのだ。

時空調律魔法の類は一切使用していないにもかかわらず、だ。

試しに数歩歩いてみる。

そこで効果が切れたのか、鳥の動きは正常に戻った。

かと思うと……直後、更にとんでもない現象が起きる。

なんと――俺が歩いた後ろで、とんでもない竜巻が発生したのだ。

「な……!?」

頑丈な設計なおかげか、豪邸が倒壊したりはしなかったのだが……念のため、建物は時空調律魔法で竜巻発生前の状態に戻しておく。

「あ、これ食べて歩くと衝撃で大気が荒れるので、それだけ注意してください」

いや言うのおせーよ。

これは使いどころが限られそうだ。

気をつけないと、俺自身が災害になってしまいそうな……。

……と一瞬思ったのだが、俺は一つ試してみたいことを思いついた。

そういえば……昔読んだ古典の中に、空気抵抗を最小限にする動き方の指南書があったような。

さっきの竜巻は急な動きで大気が乱れて起こったものだろうし、もし指南書の動き方で空気抵抗を減らせれば、竜巻を起こさず動けるようになるかもしれない。

収納魔法で指南書を取り出し、軽く読み返す。

そしてもう一口かじってから、いろんな動きを試してみた。

結界魔法を足場に、地上も空中も縦横無尽に動き回る。

そして効果時間終了を待ってみるも……今度は、竜巻をはじめとする空気抵抗による弊害は一切発生しなかった。

「克服できたみたいだな」

「そ、そんなことができるなんて……流石は私の寿命を延長してくれた人！」

どちらかといえば、凄いのはこの歩き方を残したかつての偉人のような。

まあとりあえず、使える場面はこれで増えそうなのでよかった。

「あ、これ一年に二本しか髪から生えてこないので大事に使ってください！」

髪から生えてこな——それで髪に人参がぶっ刺さってたのか。

なんかそれは聞きたくなかったような。

まあそれはそれとして……まさかこの子、採れた分全部くれるつもりなのか。

そんなに貴重なんじゃ、さっき無駄遣いしてしまってなんだか申し訳ないな。

使い方を知るのは大事なことではあるのだろうが。

残りは収納魔法でしまった。

収納魔法空間は時間が停止しているので、かじりかけを入れても問題ない。

「わざわざありがとうな、こんなところまで」

「いえいえ、これも全て寿命を延長していただいたおかげですから！」

改めてお礼を言うと、うさ耳の少女も再度お辞儀をした。

かと思うと……今度はこんなことを言い出した。

「ところで……ここ、凄く良い屋敷《やしき》ですねー。良かったら住ませてくれませんか？」

……はぁ？

「もちろんタダでとは言いません。家事とか家のお手入れとかは全部します！」

何を言っているんだこの少女は。

というか、もしかしてそっちが真の目的か。

と、言いたいところではあるのだが……正直、悪い条件ではない。

イアンから人件費は任せろと言われているとはいえ、わざわざメイドを契約しに行くのめんどく
さいなーと思っていたところだったからだ。

ぶっちゃけ、ジャストタイミングだと言わざるを得ない。

「本当に住みたいの……？」

「だってすごいオシャレで豪華じゃないですかー！」

……兎ってそういうところに価値を感じる生き物だっただろうか。

ま、寿命が延びて覚えた人化魔法の影響かもしれないし、そこはあまり気にしない方針にしとくか。

書き下ろし特別編　トカゲの養子、マルチの勧誘を論破する

　ある休日のお昼時のこと。

　王都を散策していると良さげな雰囲気の軽食屋が目に留まったので、俺はそこで昼食を済ますことに決めた。

「いらっしゃいませー。ただ今混み合っておりまして、あちらの席しか空いておりませんがよろしいでしょうか？」

「ええ」

　割と人気な店らしく、座る席は選べないとのことで、俺は店員に誘導されるがままに席に着いた。

「メニュー表はこちらです。決まりましたらお声がけください」

　そう言って店員は、別の客のオーダーを取りにこの場を離れていく。

　メニュー表を眺めていると……隣の席から、こんな会話が聞こえてきた。

「ね。働いて稼いでいくのって、こう考えると大変でしょ」

「そ、そうですね……」

「その点権利収入があれば、お金にも時間にもとらわれず、一生何でもやりたいことだけやり続け

られるのよ。理想的じゃない？」

「た、確かに……」

そんな会話が耳に入っただけで、俺は気が滅入ってしまった。

前後の文脈なんて無くても分かる。

どっからどう聞いてもマルチ商法の勧誘だろ、これ。

なんでせっかく初見の店を楽しもうって時にこんなのを聞かなきゃいけないのか……。

いったいどんな人が勧誘してるのやら、と思い、俺は一瞬だけ話が聞こえてきたテーブルの方に視線を向けた。

すると……とんでもない事実が判明した。

なんと——勧誘されているのがセシリアだったのだ。

防音結界でも張って会話をシャットアウトしてやろうと思っていたが、勧誘されてるのが友達となると話が変わってくる。

相手のペースにはまりきっていない今のうちに、こっち側に引き戻さねば。

「あれ……」

若干わざとらしいかもしれないと思いつつも、俺はそう言って隣のテーブルに話しかけてみる。

「え……ハダル君⁉」

セシリアはすぐにこちらに気づいてくれた。

「あら……お知り合いなの？」

「はい！　あの、この人すっごい方なんですよ。ぶっちぎりで学年首席ですし、パーフェクトヒールをいくら使っても魔力が減らないですし……」

「そ……それはとんでもない、というかもはや人間辞めてるわね。是非ウチに来てほしいわ」

セシリアのなんとも言えない紹介の仕方により、勧誘者の関心がこちらに向いた。

「ウチにって……どんなことをしていらっしゃるんですか？」

分かりきってはいるが、スムーズに潜入するためにあえて分からないフリをして聞いてみる。

「私たちはね、みんなが権利収入を得て成功して自由な暮らしを手に入れるためのお手伝いをしているのよ。貴方のような才能溢《あふ》れる者なら、すぐに上手くいくと思うわ！」

勧誘者は俺が興味を持ったと思い込み、嬉々として活動内容を説明しはじめた。

説明といっても、日用品の連鎖販売取引の仕組みみたいな具体的な話ではなく、ただ情報弱者を騙《だま》すための薄っぺらい絵空事でしかないが。

「そ……それは面白そうですね。是非詳しいお話を聞かせてください！」

可能な限りキラキラとした笑顔を取り繕《つくろ》って、俺はそう返事をした。

「任しといて。今日はシェアハウスにみんな集まっていて、予定も空いてるから……すぐに色々教えてあげるわ！」

勧誘者は得意げにそう口にした。

軽食を食べ終えると、俺とセシリアは勧誘者について行って、シェアハウスに向かった。

◇

シェアハウスにて。

「えーじゃあまず、こちらのウィンザーくんから、私たちの『自由への歩み方』を説明してもらってね。ウィンザー、マーケティングプランの説明は任せたわよ」

「あいよっと。マケなら誰にも負けないから、なんつってな」

「馬鹿言ってないでちゃんと説明しなさいよ？」

「はいはい。それじゃお二人さん……君たちは、毎月二十万クルルが何もせずとも入ってきたら嬉しいかい？」

到着すると、そこで待っていたウィンザーという男が説明を始めた。

この組織では、「イズロード」という日用品や健康食品を総合的に取り扱う会社の製品を人に勧めまくって収益を上げていること。

「イズロード」の創業者は崇高な理念を持っていて、とにかく素晴らしい人格者であること。

自分たちのグループからも、「成功者」が何人も出ていること。

「イズロード」のランクシステムについて、などなど……。

いちいち「ね、すごすぎるでしょ？」と熱狂的な信者っぷりを見せてくるので、それがとにかく鬱陶《うっとう》しかった。

話の大部分は「夢」だの「成功」だの「権利収入は労働収入より優れてる」だのといった薄っぺらい抽象論で、具体的な権利収入の仕組みの説明などはごく一部だったが、そのごく一部すら既に矛盾の塊だった。

「日用品って絶対必要でみんな定期的に買うでしょ？　だから毎月紹介報酬が発生するんだよ」

「ウチの鍋はとにかく品質が最高でね、一度買えば三十年は壊れないんだよ」

「ウチの鍋のセットは一式三十万クルル。これをひと月に五人が買ってくれれば、キャッシュバック率が最高の二十一％になる。一回たった五人集めればいいんだよ、簡単でしょ？」

彼はそんな説明をしていたが、この時点でもうおかしい。

その説明だと、たとえ無事そんな高額な鍋を買ってくれる人を五人見つけたとして、その五人が次に鍋を買ってくれるのは三十年後だろ。

二十九年と十一か月間は何で食っていけというんだ。

ツッコみたかったが、ここで反論したとしても適当に躱《かわ》されると思い、論破はまた別の機会にすることにした。

「以上で俺からの説明は終了だ。じゃあ次は、製品のデモンストレーションを見せるとしよう。『イズロード』の製品のクオリティの高さをしっかりとその目に焼き付けてくれ」

どうやら次は、商品紹介に入るようだ。

商品紹介のターンになると、さっき軽食屋で俺とセシリアを勧誘した女が鏡やら洗剤やらを持って戻ってきた。

「二人ともおつかれ。どうだった、楽しかった？」

「ええ、なんだか希望を持てるお話でした！」

どうやらセシリアはかなり感化されてしまっているようだ。

タイムリミットは近そうだな。だが、さっきの抽象的な話と違って商品紹介なら、トリックの種さえ割れれば反論の余地を残さずインチキを暴ける。

「じゃ、始めるわね。まずは、ウチの洗剤の洗浄力が他社製品とは段違いって話なんだけど……」

勧誘者はそう言って、洗浄力の差を示す実験を始めた。

内容はこうだった。

鏡にラー油を二滴垂らし、それぞれに市販の洗剤の原液と八倍に希釈した「イズロード」の洗剤をかける。

双方をよく混ぜてから水を流すと……市販の洗剤の方のラー油は少ししか落ちず、「イズロード」の洗剤の方のラー油は完璧に落ちた。

「ね。他社製品なんて、八倍にまで薄めたウチの製品にすら敵わないのよ。衝撃じゃない？」

彼女はそう言うが……この実験、全くのデタラメだ。

そろそろ反撃開始といくか。

「その論理はおかしくないですか？」

「おかしいって……な、何がよ」

矛盾点の指摘に入ろうとすると、勧誘者はあからさまに不機嫌そうな表情を見せた。

「まるで他社製品を原液そのままぶっかけたのが、他社製品に有利な条件かのように言ってることがですよ。試しに両方八倍希釈《きしゃく》でもう一回さっきの実験やってみてくれませんか？」

「え……わ、分かったわよ」

彼女は頬《ほお》を膨らませながらも、しぶしぶといった感じで再実験を始めてくれた。

「どうせそんなことをしたら他社の方は余計落ちないわよ。そうなったらさっきの失礼な発言、謝りなさいよ？」

ぶつくさ言いながら、勧誘者は実験を進める。

その結果……今度は、市販の洗剤の方も「イズロード」のと同じようにラー油が完全に落ちた。

「え……。あれ、こんなはずじゃ……」

（勧誘者にとっては）予想外な結果に、彼女は目に見えて動揺し始める。

「『製品は素晴らしいから、勧めれば誰だって買ってくれる』って、貴方もウィンザーさんも言いましたよね。でも、実態はこんなイカサマで良く見せてるだけですか。……失望しました」

俺はあたかも今初めてがっかりしたかのように、声に少し怒気を含ませてそう言った。

こういう輩は、「論破しに来た感」を前面に出すと言いくるめようとしてくるからな。

その余地を与えないためには、こういう演出をしたほうがいいのだ。

「そ、そんな……貴方たちはいい人だと思っていたのに……」

ここまで来ると、セシリアも騙されていたのだと気付き、落胆の表情を見せる。

「行くぞ、セシリア。これ以上こんなところにいてもしょうがない」

「そ……そうね」

俺はセシリアを連れてシェアハウスを後にした。


しばらく移動を続け、ある程度シェアハウスから離れた所まで来ると、俺は種明かしをすることにした。

「危なかったな」

「え、ええ……。まさかあの人たちがあんなペテン師だったなんて……」

「俺からしてみれば、第一印象からして完全にマルチの人だったぞ。それを証明できるタイミングを待つために、しばらく黙ってたけど」

「ハダル君……全部気づいてたのね」

説明すると、セシリアは安堵したような、しかしどこか悲しげな感じでそう呟いた。

「偽りの希望を見せられるくらいなら、何も見なかった方がマシだったわね……」

よほどショックだったのか、セシリアはかなり落ち込んでいる様子だ。

うーん。何か打てる手はないものか。

……そうだ。

「じゃあ、代わりにコレでも売るか？」

そう言って俺は、即席で魔道具を一つ作った。

「これは……？」

「範囲瞬間浄化装置だ。一度起動すれば、範囲内のあらゆる汚れを一瞬で全て除去してくれる。食器の汚れも、衣類の汚れも、そしてハウスダストもな。今回はあまりクオリティを求めずちゃちゃっと作ったけど、これでも効果範囲は半径十メートル、浄化可能回数は五十万回だ。自慢するようなものじゃないけど……あんな洗剤に比べればよっぽどマシな商材だろう？」

「え……？」

魔道具の説明をすると、セシリアはキョトンとしてしまった。

「いやそれ、洗剤がどうとかじゃなくて世紀の大発明だと思うんだけど……」

……そうなのだろうか。

まあ、別にそれならそれでいい。

「そこまで価値があると思うなら、サブスクの形で売ったらどうだ？『買うと高いけど、月額料金を支払う形にすれば一定期間安く使える』ってシステムにするんだ。これなら一応権利収入も入るだろう」

「ほ、本当にいいの……？　騙されかけてたところを救ってくれただけでもありがたいのに……」

「もちろんだ」

マルチ商法みたいな、カルト的側面を持つ組織からの脱洗脳って往々にしてかなり難易度が高いからな。

この程度のフォローで上手くいったなら、むしろとんとん拍子といっても過言ではないんじゃなかろうか。

方針が決まったので、早速俺は同じ魔道具を取り急ぎ百個作った。

「はい、まずこれ在庫ね」

「な、なんて速さなの……」

Kラノベブックス

山《やま》に捨《す》てられた俺《おれ》、トカゲの養子《ようし》になる

魔法《まほう》を極《きわ》めて親《おや》を超《こ》えたけど、親《おや》が伝説《でんせつ》の古竜《こりゅう》だったなんて知《し》らない

可換環《よしがえたまき》

2023年1月31日第1刷発行

発行者	森田浩章
発行所	株式会社 講談社 〒112-8001　東京都文京区音羽2-12-21
電　話	出版　(03)5395-3715 販売　(03)5395-3608 業務　(03)5395-3603
デザイン	AFTERGLOW
本文データ制作	講談社デジタル製作
印刷所	株式会社KPSプロダクツ
製本所	株式会社フォーネット社

KODANSHA

ISBN978-4-06-531107-3　N.D.C.913　307p　19cm
定価はカバーに表示してあります

ファンレター、
作品のご感想を
お待ちしています。

あて先　〒112-8001　東京都文京区音羽2-12-21
(株) 講談社　ラノベ文庫編集部 気付
「可換環先生」係
「蔓木鋼音先生」係

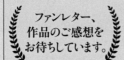